GERVAIS POMERLEAU
LA COMPLAINTE DES HUARTS

Les Editions Humanitas sont inscrites au Programme de subventions globales du Conseil des Arts du Canada

ISBN 2-89396-094-4

Dépôt légal - 2e trimestre 1994
Bibliothèque nationale du Québec
Bibliothèque nationale du Canada

Illustration de la couverture: Daniel Leblanc

Imprimé au Canada

5780, avenue Decelles, Montréal, Québec, Canada H3S 2C7

GERVAIS POMERLEAU

LA COMPLAINTE DES HUARTS

roman

L'ESSENCE D'UN PEUPLE

* *

Du même auteur:

COFFIN (théâtre) Editions de la Marée Montante, couronnée "Plume saguenéenne 1980" -épuisé-

MOITIÉ-MOITIÉ (nouvelle) in FRAGMENTS, collectif, 1991, Rimouski, publié dans le cadre de l'Année mondiale de l'Alphabétisation, Inéditions de la Revue Ecrits.

TISON-ARDENT (roman) Humanitas, Montréal 1992, premier volet de la trilogie *L'Essence d'un Peuple*

LES COLÈRES DE L'OCÉAN (roman) Humanitas, Montréal 1993, premier volet du cycle *Les Chevaucheurs de Vagues*

NAVIGATEUR PLACENTAIRE (nouvelle) in LES ÎLES DE L'ÂME, Humanitas, Montréal 1993

Pour Ginette, mon
complément direct, ma
première lectrice, la
plus impitoyable, celle
qui supporte mes
frustrations d'écrivailleur
en mal d'accouchement
littéraire...

G.P.

"...Comme si, condamnée à ne rien chérir,
La vieillesse devait ne songer qu'à mourir."

-Molière
(L'École des Maris)

PREMIÈRE PARTIE

CHAPITRE — I —

...Vingt-deux novembre dix-neuf cent soixante-quinze, y est huit heures. Les jeunes sont pas venus. Pas donné le moindre signe de vie non plus; pas de téléphone, pas de visite... même affaire qu'à tous les jours. Même affaire qu'un chien qui attend que la fourrière vienne le ramasser; moi c'est le croque-mort que j'attends.

De même, mes enfants pourront venir brailler sur ma tombe durant deux ou trois ans, deux fois par année. Au printemps pour réparer les dégâts du gel pis du dégel, pis à l'automne pour faucher le foin sus ma tête. Après ça, y m'oublieront comme y font depus qu'y m'ont envoyé icitte, v'là treize ans.

Si y en aurait un, qui viendrait faire un tour de temps en temps, jaser, montrer qu'y se rappelle de son vieux père, qu'y se rappelle qu'y en a encore un, un père...

C'est ma fête. Quatre-vingt-huit ans. Y a pas de danger que je reçoive une carte. "Le bonhomme sait pas lire, y a pas besoin de ça." C'est vrai que je sais pas lire, en seulement je sais quand même de quoi ç'a l'air, une carte de fête. Ça ferait ben manque plaisir. Mais ça coûte trop cher pour qu'y se collectent à leur dix-huit pour en acheter une. Ça reviendrait à proche trois cennes chaque, ça coûte quarante cennes. Ben que trop cher! Pas de danger non plus qu'y téléphonent; y restent tout' en dedans de cinq milles, mais c'est trop loin.

Eux-autres, y s'ont rapprochés pour mieux me voir crever. Des vrais carcajous! Si j'aurais de l'argent, je dirais qu'y tiennent plus à l'héritage qu'au bonhomme. Même pas! J'ai pus une saprée cenne à moi, j'ai passé mon avoir pour les faire instruire. Y en a pas un qui a en bas d'une douzième année. Dans le temps, c'était pas les gouvernements qui payaient pis on avait pas l'instruction pour des prières. On avait pas d'instruction, nous-autres, c'est vrai, mais on avait de l'éducation.

Si y sauraient c'est quoi d'être vieux pis de vivre tout seul comme un chien perdu, peut-être qu'y trouveraient ça moins drôle. Y seraient moins fantasses. C'est pas qu'y sont mauvais. Mais y savent pas de quoi qui retourne quand t'as poigné l'âge d'or; l'âge de la mort qu'y devraient dire, rapport que c'est l'âge où que tu te meurs d'ennui.

Rien qu'une petite visite de temps en temps, pour prendre un thé avec un ou deux biscuits, dire c'est qui retourne dans leur vie, pas entendre c'est que je fais pour tuer le temps. Mais ça s'attrape la vieillesse, pis en plus, c'est mortel.

Des fois je me dis "y vont venir, quelqu'un; sûr que Gilles passera pas la journée sans venir jouer sa partie de dames". Je reste sus ma faim. Personne. Même pour gagner en trichant.

Je le sais qu'y aiment pas ça, icitte. Moi non plus, j'aime pas ça des grands murs blancs à regarder à coeur de jour, comme quand je restais dans la salle paroissiale quand la vue était finie. En seulement y a pas eu de vues. Y en a jamais. Aujourd'hui y mouille, par-dessus le marché. Y mouille comme vache-qui-pisse depuis trois jours. Avec mes rhumatisses, ben...

Encore hier, la garde-malade est venue en m'entendant crier, elle pensait que j'étais mal-pris. "Certain que chus mal-pris, que j'y ai dit, avec ces rhumatisses-là". Elle s'est contentée de rire avec ses grands yeux de poisson en disant que c'était l'âge de ça. Si on en aurait un peu durant le reste de la vie, on souffrirait pas tant en vieillissant. T'as les cheveux blancs, c'est l'âge; ta vue baisse, t'as l'oreille dure, tes mains tremblent, t'as le dos rond, t'as une canne rapport que t'en a pas assez de tes deux jambes, t'as les rhumatisses, c'est l'âge. T'es un petit brin feluette, c'est encore l'âge. C'est toujours l'âge!

À entendre les jeunes, c'est beau des cheveux blancs, mais si y sauraient de quoi c'est fait, y verraient que c'est dur à porter. Y pensent que c'est facile de rien faire quand t'as trimé dur toute ta vie, sans jamais attendre de repos.

Quand ça veut se faire conter des histoires, ça dit "on va aller voir le vieux, y va nous conter ça, lui". Si y veulent des bas de laine, "on va demander ça à la vieille, y en a pas une pour tricoter comme elle dans tout le canton". Moi, j'en ai pus de vieille. J'en ai porté deusses en terre pis là, chus trop vieux, trop chiâleux pour m'accorder une autre fois.

Des fois ça me tenterait, même si ça serait juste pour l'écouter mâcher son silence ou regarder passer le temps sus le jardin pis les fleurs. Parler avec elle, la faire rire, la voir pleurer sa jeunesse. Je le sais que chus pas le seul à m'ennuyer de même. On est onze qui sont fin seuls dans c'te prison-là. Les onze disent la même affaire. Si je serais aussi jeune que Philippe Néron, moi itou je jardinerais pis j'irais à la pêche, à la chasse. J'irais moi-même chercher mon tabac en feuille au village. En seulement lui, y a soixante-six ans.

Aller chercher mon tabac au village? Chus même pus capable de le hacher. Pourtant, dans le temps, je passais pour un gars qui avait pas peur de l'ouvrage, qui abattait de la bonne besogne dans une journée d'homme.

Encore chanceux qu'y a la cuisine commune, je crois que je serais pus capable de faire ma mangeaille. D'un autre bord, j'en aurais fini plus vite avec tous ces jonglages pis ces souleurs qui me chicotent. Dire que quand j'étais jeune, j'avais peur de mourir.

Des fois je me demande si chus pas perdu sus une île déserte, au bout du monde. Jouer à la patience, c'est pas long que t'apprends à tricher. Tu t'écoeures à jouer trois-quatre heures par jour; ça vient que la patience tue pus le temps.

Si les jeunes se regarderaient agir, y s'apercevraient qu'on a de quoi être radoteux, comme y disent. Si y penseraient au temps qu'on leur a donné sans compter, y seraient peut-être moins égoïstes du leur. Chus sûr qu'y a des fois qu'y se demandent quoi faire pour passer un dimanche après-midi.

Si au moins y penseraient qu'y ont de quoi rendre un vieux heureux; tout ce que ça leur coûte, c'est le gaz à mettre dans le char. Si y viendraient rien que trois fois par année, ça leur ferait faire un petit tour de machine. Avec mes dix-huit enfants, ça me ferait quelqu'un à qui parler tous les dimanches après-midi. Ça serait déjà beau, un jour de moins à crever d'ennui. Y m'en resterait pus rien que six.

J'en prendrais un à me préparer, pis un autre à remâcher ce qu'y m'ont dit quand y sont venus. De même, y m'en resterait rien que quatre à tuer. Quand je pense aux heures qu'on passait dans le temps à s'occuper de nos vieux parents. Dire qu'y avait pas une journée sans avoir de visite. Pis on les enfermait pas dans des cages en ciment en attendant qu'y crèvent.

Dans le temps, y avait pas de maisons de vieux. On les gardait chez-nous. Y aidaient à faire la besogne. De même, y se sentaient pas de trop. Y avaient pas de quoi se ronger les sangs à coeur de jour à se rappeler leur jeunesse. Jamais on aurait eu la polissonnerie de les traiter de radoteux, ni de le penser. On se sauvait pas quand c'était le temps de s'en occuper. On les respectait, nous-autres, les commandements de Dieu.

Les jeunes savent même pus c'est que ça veut dire honorer son père pis sa mère. Ça vaut la peine d'être instruits. C'est vrai qu'y savent pus c'est qui le bon Dieu. À pas aller à la messe, y savent pus c'est quoi Noël. Pour eux-autres, c'est la fête des cadeaux. Nous-autres, on savait que c'était la fête de l'amour.

Y savent pus c'est quoi aimer son père pis sa mère. Manquablement, y les aiment, en autant qu'y les voient le moins souvent possible, pis qu'y en entendent pas trop parler.

Pour que nos parents soient heureux, on aurait donné notre vie, nous-autres; on aurait décroché la lune pour nos vieux. Je dis pas ça parce que je voudrais qu'un de mes enfants meure pour me faire vivre, jamais de la vie. Mais j'aimerais ça en entendre parler de temps en temps, le temps de se voir, prendre un thé. Même pas parler, même pas faire un signe, savoir que pour une couple d'heures y a quelqu'un qui s'est rappelé qu'y avait un vieux père.

Y s'arrangent pour te virer le fer dans la plaie. Quand y bâtissent une maison de vieux, y a pas de danger qu'y fassent ça sur le bord du bois, manière de bungalow. Non, y t'installent en plein mitan de la place, une bâtisse de dix étages. Quand tu mets le nez dans la vitre, tu les vois. Y ont l'air d'un chien qui court après sa queue. Tout le temps à la course.

Ça leur fait une défaite pour pas venir. Y se demandent comment on faisait pour avoir le temps. C'est pas malaisé, on le prenait. Manquablement, quand fallait aller voir nos vieux pour leur dire qu'on les aimait, si on avait pas le temps, on le trouvait. Pis tout le monde arrivait au Jour de l'An en même temps. Ceux-là qui étaient allés voir leurs parents à tous les jours étaient pas plus pauvres que ceux-là qui y étaient allés rien que deux fois par semaine.

Si les jeunes nous regarderaient vivre rien qu'une journée par semaine, y verraient que c'est l'enfer qu'on vit. Y se badigeonnent la conscience en disant qu'on est pas si pire qu'on dit. Si y faudrait qu'on dise toute c'est qui nous passe par la tête, y diraient "le vieux y radote mais faut y donner ça, y a le tour de se faire prendre en pitié".

Y disent qu'y ont pas besoin de se bâdrer de nous-autres, on a des garde-malades pour nous soigner. Correct, mais y sont pas là pour nous désennuyer pis nous faire oublier qu'on a des fils ingrats qui viennent jamais voir leurs vieux parents.

Si y sauraient de quoi c'est fait une journée de vieux, c'est qu'y fait pour tuer le temps, regarder les aiguilles qui se décident pas à avancer sus l'horloge. À les entendre, on a rien qu'à se lever plus tard. Quand t'as passé ta vie à te lever à quatre heures et demie, c'est pas facile d'attendre à neuf heures du matin.

Y savent pas ce que c'est que de faire les cent pas comme un vieux chien au bout de sa chaîne, qui s'impatiente au bout de sa vie trop longue, sans personne pour achever ses souffrances, y permettre d'en finir avec c'te vie-là.

Si y s'arrêteraient pour faire un examen de conscience, y se trouveraient pas si fins que ça. Y auraient des remords si y ont du coeur. Des fois je me demande si y en ont un. Pas de téléphone, jamais. Ça prend trop de temps, jaser avec un vieux.

C'est vrai que quand y en a un qui téléphone, j'essaye de le retenir plus longtemps au bout du fil, mais c'est rapport que je m'ennuie au foyer. Y pensent que t'as rien qu'à aller voir un autre vieux, jaser avec lui de la pluie pis du beau temps. En seulement, les vieux savent tous quel temps y va faire demain. Quand y en arrive un nouveau, on se dépêche d'y faire raconter sa vie. Quand ça fait deux-trois fois qu'y la raconte, tu finis par la savoir autant que lui. Au commencement, y ont de la visite à plein. Manquablement, y disent tout' la même affaire: "nous-autres on s'ennuiera pas, nos jeunes viennent assez souvent qu'on est pas près de s'ennuyer".

Au commencement, y viennent voir comment t'es installé, mais dès que t'es ben campé, y t'oublient. Y a le défunt Noré, l'année passée, tout d'un coup sa famille s'est rappelé qu'y avait une fête. Y se sont rappelés qu'y avait cent ans. Ça faisait au bas mot six ans qu'y avait pas eu d'autre visite que le vicaire, le docteur de temps en temps, la garde-malade, pis nous-autres.

Ceux-là qui continuent après un bout de temps à avoir de la visite sont les exceptions. Moi, Émile est venu y a sept mois, deux semaines et trois jours. Avant, ça a été moins long. Y en a eu trois qui sont venus au Jour de l'An. Y a Gertrude qui est arrivée à dix heures le matin, elle a passé la journée avec moi. Elle est ben avenante, Gertrude. C'est ma plus vieille. À onze heures et demie, Conrad est arrivé, à midi moins quart, y était déjà reparti. À une heure et demie, Jeanne est venue, pis elle a resté souper. Si y sauraient le bien que ça m'a fait...

Y disent que chus chiâleux. Mais y arrêtent pas de chiâler rapport que ça coûte trop cher. Si y sauraient c'était quoi d'avoir soin d'une famille dans le temps de la guerre... Ça coûtait cher pis de l'argent, personne en avait. Astheure, les jeunes ont tout ce qui leur faut pour passer le temps. Y ont la t.v., le radio, le théâtre. Y peuvent sortir presquement un mois de temps à tous les soirs sans faire deux fois la même affaire.

Quand Eugène vivait, y venait faire son tour presquement toutes les deux semaines. Y m'a gâté, mon Eugène. C'est ben manque pour ça que j'ai eu tant de peine quand y est mort. Je le sais que c'est égoïste mais c'est plus fort que moi. Je l'aimais un peu plus que les autres rapport qu'y venait souvent. Le bon Dieu m'a puni en me l'ôtant.

Peut-être que si y serait venu moins souvent, ça m'aurait moins fait mal. Peut-être pas non plus. Si y en a un qui mourrait, même dans ceux-là qui viennent jamais, ça me ferait aussi mal que quand Eugène est parti.

C'est qui est dur quand quelqu'un meurt, c'est de savoir que tu le reverras jamais. Des fois, tu te demandes comment ça se fait que c'est pas toi que le bon Dieu vient chercher. Surtout quand t'as doutance que ça ferait souffrir personne.

D'autres fois tu te dis qu'y auraient un petit brin de peine, qu'y se diraient que t'es mort d'ennui. Tu passes tes journées à te mourir d'ennui, pis personne vient pareil. Y se demandent comment être moins embarrassants sans savoir que tu voudrais qu'y le soient plus. En arrivant, les premiers mots qu'y ont en bouche, c'est "je vous dérange-tu?", pis après, "on restera pas longtemps". Toujours la même rengaine. Après ça, y disent que t'es radoteux. Y ont toujours des phrases toutes faites d'avance.

T'es pas obligé d'avoir de l'instruction comme Noël pour faire des phrases à mesure, des phrases neuves. Encore, Noël, c'est lui qui est le pire. "Salut popa, comment ça va? Je vous dérange pas? Je resterai pas longtemps. Y fait-tu beau à votre goût à matin? Je sais pas si on va avoir gros de neige". Des phrases de même, y en a des tonnes, Noël, pis toutes les fois qu'y vient, même si c'est pas souvent, y les enfile comme un chapelet. Au bout d'une demi-heure, y sort sa dernière: "Ouais c'est ben beau tout ça, mais j'ai encore pas mal d'ouvrage, ça fait que je vas y aller".

Toujours les mêmes raisons pour venir, les mêmes défaites pour repartir, mais ces excuses-là sont rares, rapport que Noël vient pas plus qu'à tous les deux ans. Y est rendu à proche cinquante ans pis y a le génie où que les poules ont l'oeuf. Y a besoin d'un autre pour y dire quoi faire. On dirait presquement un enfant. La dernière fois qu'y est venu, c'est Gertrude qui y avait fait penser qu'y avait un vieux père, pis que ça y ferait peut-être plaisir de voir que son fils vit encore.

C'est vrai que je veux pas avoir doutance de me faire faire la charité. Faut y donner ça, Noël, c'est pas le gars à prendre personne en pitié. Y sait même pas c'est quoi la pitié. Y a des fois qu'on aimerait ça avoir un petit brin de visite, mais quand y disent qu'on leur faisait pitié, on aurait envie de les sortir à coups de pied au cul. Nous-autres itou, on a notre fierté.

C'est vrai qu'on oublie, en seulement si les jeunes y pensaient, y s'apercevraient que ce que t'oublies, c'est rapport que tu veux pas t'en rappeler. Manquablement t'as pas besoin d'être vieux pour les oublier. On continue en vieillissant.

T'as beau te creuser la caboche à essayer de leur faire comprendre, y sont bouchés. À les entendre, on dirait qu'y sont les seuls à avoir une tête pis pouvoir s'en servir. On dirait qu'à la place de perdre les cheveux en vieillissant, c'est la tête que tu perds. De temps en temps, ça ferait mon affaire de l'avoir perdue...

Des fois je voudrais tout oublier, me laisser bercer par une vieille air jouée au piano à rouleaux ou écouter un concert au radio comme dans le temps de la guerre. Quand je pense à la musique qu'on avait dans le temps! Nous-autres, on avait la fanfare de la garde paroissiale pis on était heureux; on en demandait pas plus. Eux-autres, y en ont jamais assez.

CHAPITRE — II —

Les jeunes te font doutance de tout connaître. Y savent comment ça se passe la vie, mais y ont pas encore le nombril tombé. Y savent comment ça pense, comment ça marche l'affaire d'intuition des créatures. Moi, j'en ai eu deusses, des créatures; y a pas à dire que je les connaissais pas. De là à dire que je savais comment elles pensaient, pis de quoi qu'y retournait avec leur affaire d'intuition féminine, c'est une autre paire de manches. Pourtant chus pas plus ignorant qu'un autre.

Y en a pas pour connaître l'amour comme eux-autres. Ça se marie, pis au bout de deux ans ça divorce. Nous-autres on a jamais dit qu'on connaissait l'amour, mais quand on prenait créature, c'était pour la vie. On respectait notre engagement de s'aimer, de s'aider ensemble jusqu'à temps que la mort nous sépare. On le respectait rapport qu'on le comprenait. Astheure, ça fornique avec tout un chacun. Après ça, y essaient de nous faire croire que ça sait c'est quoi l'amour. Y me font penser à mon vieux chien-loup qui faisait sa ronne du rang chaque matin. Lui au moins c'était un animal.

Ça sait le temps à l'avance, en seulement, t'as rien qu'à regarder leurs prédictions pour le lendemain, tu comprends le reste. Nous-autres, on savait le temps du lendemain, on regardait alentour; on était allé à la vraie école, la seule mais la plus dure itou, celle de la vie. Eux-autres, y ont usé leurs fonds de culottes sus les bancs d'école des années de temps pour dire si y va mouiller ou faire soleil le lendemain, pis y sont même pas capables de le dire sans se tromper.

Y connaissent le bois. Tu les emmènes aux beluets, pis si tu restes pas à côté, dès qu'y ont fait un tour sus eux-autres mêmes, y sont perdus. Y ont des compas, y se dépêchent de les montrer pour dire qu'y peuvent aller dans le bois tout seuls, mais y savent pas s'en servir. Nous-autres, on retroussait le nez pis on savait où qu'on était. Si tu les laisses se retrouver, y s'assoyent sus un corps mort pis y braillent le restant de la journée. Quand la brunante poigne, y se relèvent en disant qu'y faut sortir au plus sacrant.

Y savent guérir la maladie itou. Y vont voir le docteur pour se faire dire qu'y ont la grippe. Après ça y courent à la pharmacie se faire donner du sirop, des bonbons, pis d'autres cochonneries. Ça leur coûte cinquante piastres pour faire durer la grippe un mois, quand on la cassait en deux jours. Les docteurs, c'est des vraies putains. Pas surprenant qu'y disent qu'y se font payer à l'acte. Y font de l'argent sus ton dos, manquablement y s'amanchent pour que tu sois malade longtemps. Nous-autres, on se faisait un sirop avec de l'épinette rouge, une tisane d'écorce de cenellier pis on se guérissait. On avait pas besoin du docteur pour nous dire qu'on avait la grippe, on le voyait.

Si t'essaies de leur donner un conseil, y te revirent en disant qu'y savent ça depuis belle lurette. Capables de tout, mais bons à rien. Des flancs-mous pis des côtes faites sus le long, t'as rien qu'à regarder pis tu vas en voir à plein. Les vieux sont des ignorants, rapport que moi, rendu à quatre-vingt huit ans, je sais pas encore c'est quoi la vie. Le jour que je le saurai, c'est le jour que je vas mourir, rapport que ce jour-là, j'aurai pus rien d'important à apprendre.

Y savent de quoi ça a l'air la mort, pis comment tu vis quand t'es mort. La couleur de la tapisserie au ciel pis en enfer, y l'ont jamais vue, mais y le savent. Y a personne qui est revenu après sa mort pour dire comment y s'arrange de l'autre bord. C'est ben pour dire. Les morts reviennent dire aux jeunesses comment c'est fait de l'autre bord, mais les vieux, ceux-là qui sont sus le bord de mourir, y les laissent ignorants. Dans le temps, les morts venaient pas. Pour personne.

Y savent tout, mais y connaissent rien. Y savent c'est quoi vivre sans argent. Ça a toujours eu tout cuit dans le bec, jamais manqué de rien, mais y savent. Y savent c'est quoi vivre deux guerres, voler pour manger, se faire courir par les M.P.. Y savent c'est quoi se ramasser sus le front pour se battre contre les Allemands. Y l'ont pas connu, mais y le savent pareil. À les entendre y sont pas allés à l'école durant quinze, vingt ans pour rien.

Y auraient été mieux d'aller moins longtemps à l'école, pis d'en savoir un peu plus long que le bout de leur nez. Y sauraient qu'y a une différence entre se faire coller des étoiles dans des cahiers rapport qu'y ont fait un beau devoir, pis se faire des ampoules de sang aux mains pis aux pieds, travailler six jours par semaine pour du pain noir, avec deux piastres au bout de la semaine pour quatre-vingts heures de travail ou, pour ceux-là qui travaillaient sus leur terre, voir un beau matin qu'y a grêlé toute la nuit, pis que t'as perdu l'orge ou l'avoine que tu devais faucher une semaine après.

Y savent pas ce que tu peux ressentir dans des cas de même. Y me feront jamais accroire à moi, qu'y ont tout appris ça dans les livres d'école. C'est pas à un vieux singe comme moi qu'y vont apprendre à faire la grimace.

Y savent la vieillesse itou. Comment tu vis, comment passer ton temps, comment t'ennuyer pis te désennuyer. Y savent c'est quoi attendre la visite qui vient pas. Mieux que n'importe quel vieux. C'est de valeur qu'y viennent pas te donner leurs trucs comment faire. Je serais ben curieux de voir ça. J'ai ben peur qu'avec une couple d'autres vieux, si on les verrait agir en vieux, on aurait du fun pour quelques jours.

Eux-autres c'est pas pareil, y sont ben plus intelligents que toi, y en savent des choses. Y en savent même ben gros que tu sais pas. Toi le bonhomme, t'as proche quatre-vingt- dix ans sonnés, c'est normal que t'en saches moins qu'un jeune qui est tout juste sorti de ses langes.

C'est normal, y est jeune... Toi le bonhomme sus ta berceuse, à côté de ton crachoir, t'es un vieux radoteux. Moi ma grand-mère était indienne; j'en ai appris des choses avec les Indiens. J'avais pas honte d'aller les voir pour apprendre comment trapper, me retrouver dans le bois ou me faire donner des recettes de tisanes. Quand un indien me donnait un conseil, j'écoutais ce qu'y me disait. C'est rare que j'avais à m'en mordre les pouces.

Y vont à la chasse, y câlent l'orignal, pis c'est le boeuf qui répond. Quand les indiens me montraient un nid de guêpes en me disant qu'y marquait la hauteur de la neige à venir, j'avais beau dire que c'est rien que des accroires, l'hiver venu, je voyais que l'indien avait eu raison. J'écoutais, mais j'ai appris. Quand on voyait la neige tarder à tomber, on savait que ça voulait dire que les récoltes seraient tardives rapport que la terre gelait plus creux. Les jeunes savent tout mieux que tout le monde, mais regarde-les aller...

C'est pas qu'y sont mauvais, mais y écoutent pas quand tu parles. Y sont pas parés à te laisser vider le fond de ton coeur. Ben sûr, c'est pas toujours intéressant d'écouter se plaindre un vieux chiâleux. Comme disent les jeunes, écouter placoter un vieux radoteux. Je le sais que c'est pas drôle.

Y pensent que j'ai pas de problème de temps. J'en ai, mais c'est pas ceux-là qu'y pensent. Chus loin d'en manquer pour faire c'est que j'ai à faire, c'est le contraire, j'en ai de trop. J'aurais des journées de huit heures au lieu de vingt-quatre, je me lamenterais pas.

Les jeunes savent pas c'est quoi, s'ennuyer, rapport qu'y changeraient. Y savent que je voudrais me revoir dans le temps, pis y se demandent pourquoi. Je peux pas m'ennuyer de ce que je connais pas; je m'ennuie du passé. Je sais ben que c'est pas facile de tout le temps se faire parler de choses qu'y ont pas connues. Ça leur donne des idées d'histoires à dormir debout.

J'aimerais ça savoir de quoi qui retourne dans le monde, parler des semences pis des récoltes, des naissances pis des morts, de printemps pis d'automne. Savoir c'est qui se passe de l'autre côté des murs du foyer.

Mais personne vient jamais. Je me raconte la vie que j'ai traînée, bercée jour après jour; de même chus certain de pas l'oublier. Des fois j'aimerais passer le torchon, recommencer à zéro. Mais chus emprisonné avec mes rêves d'enfant, de jeunesse, enchaîné à eux-autres comme un forçat à son boulet. Comme j'ai pas de quoi me raconter des rêves que j'ai encore jamais rêvés, je m'accroche à mes vieux. C'est peut-être ça d'être radoteux.

Je pense qu'y a rien de plus mortel que l'ennui. Le pire, c'est que ça prend du temps à venir à bout de son homme. Si au moins je serais capable de lire, me semble que j'aurais pas tant besoin des jeunes. Avec tous les livres qui sortent, y en aurait assez pour passer quelques après-midis, jamais je croirai.

Mais chus poigné avec ma petite misère comme quand j'étais jeune. Astheure c'est dans ma tête qu'y faut que je la combatte. Des fois, je m'accoterais aux clayons de clôture, jaser avec le voisin de sa dernière boucherie, l'inviter à ma prochaine. C'est ben pour dire, je voudrais me revoir sus ma terre à piocher, bûcher la forêt, piler la roche, jongler à la récolte qui s'annonce, penser à des moyens pour que la terre rende encore plus. C'est qui aurait dit, y a vingt ans, que je m'ennuierais de la terre de roches que mon grand-père m'a laissée?

Dire que quand je me suis marié, je voulais pas rester là. Y a fallu que je sois chassé de St-Méthode par la tragédie du Lac St-Jean, pis de St-Urbain par le grand feu, pour me décider à retourner sus c'te terre-là. C'est ben pour dire, on sait jamais c'est qu'on veut pis on est jamais content de c'est qu'on a.

Oui, je remâche mon passé comme une vieille vache qui remâche la même poignée de foin pour la vingtième fois, sans se demander pourquoi qu'elle fait ça.

Me rappeler mes vieilles amours, mes vieilles ouvrages, c'est pas que ça fait du bien, ça finit même par être ennuyant. Mais tant qu'à m'ennuyer, autant le faire pour de quoi. Ça me rappelle mon vieux père qui a commercé toute sa vie, d'arrache-pied, dans un petit magasin qui emmenait juste assez d'argent pour avoir du beurre sus le pain, pis pas à tous les jours. Après qu'y s'est donné à Philémon, y passait presquement ses journées au magasin, assis sus une vieille manne de pommes à regarder passer le monde. Des fois des vieux, des fois des jeunes. Plus souvent des jeunes. C'est de même qu'y arrivait à passer le temps.

Y commençait sa journée par une gazette qu'y ouvrait à la page des morts, pour savoir si y en connaissait qui avaient cassé leur pipe. Des fois c'était un de ses amis du temps qu'y était petit gars, d'autres fois, quelqu'un qu'y avait connu durant une campagne électorale. Astheure, y a pas de quoi s'intéresser à la politique, surtout quand tu regardes les innocents qui sont à Québec pis à Ottawa. Ça te fait ennuyer de Duplessis. Ça c'était un politicien; politicien de père en fils, jusqu'au bout des doigts. Quand y faisait un discours, y avait pas un soubassement d'église assez grand pour contenir la foule. Même les partisans de Taschereau pis de Godbout, les rouges teindus, allaient l'entendre faire ses discours.

Y ont commencé à parler de changer la constitution au temps de Mackenzie King, pis y en parlent encore. Les idées des séparatistes, ça date pas d'hier. Bonne Sainte-Vierge! Mon bisaïeul s'est battu à St-Denis en 1837. Y ont jamais entendu parler de lui après ça. Y l'ont même pas retrouvé. Y s'est pas sauvé non plus, y haïssait trop les anglais pour en avoir peur. Même armés! Y a ben manque été exilé comme les Acadiens en 1755.

Les députés ont pus le chien qu'y avaient. C'est pas qu'y sont pus aussi menteurs. Ben le contraire! Si y a quelque chose, y sont pires. Pis pas ratoureux pour cinq cennes.

Dans le temps, y auraient pas fait des promesses comme le morveux aux Simard de Sorel en '70. Y promettaient pas cent mille jobs, parce qu'y savaient que ça se pouvait pas. Ça prenait rien qu'un libéral comme Bourassa pour prendre des moyens aussi croches que son parti, pour faire des peurs de même au monde.

Quand je pense à mon bisaïeul qui s'est battu pour garder sa langue pis sa religion. C'est pas Duplessis qui aurait fait des lois de lâches pis de chien galeux comme la Loi 22 à Bourassa. Les Anglais, avec lui, y avaient affaire à prendre leur trou... Les jeunes pensent qu'y ont des bons politiciens, y ont pas connu mieux. Y sont contents de c'est qu'y ont. Dans le temps...

C'est ben pour dire, dès que je m'arrête un petit brin, je me revois dans le temps. Pourtant c'est pas qu'on en avait plus à faire. On passait pas les trois-quarts du temps à décider quoi faire. On avait pas de choix, ou si peu... On commençait pas à se demander quoi faire pis comment ça va nous coûter. On le faisait pis le diable emportait le reste. On se demandait pas si on était mieux d'aller voir un spectacle ou un autre. Y en passait rien qu'un à la fois. Des fois ça prenait des mois avant qu'y en vienne un autre.

Le temps était bon à prendre. On mordait dans la vie à belles dents. Chacun respectait son voisin comme son frère. C'était normal parce qu'on connaissait la loi du bon Dieu.

Des fois je trouve ça beau la vieillesse, quand je regarde les arbres en automne. La forêt a l'air en feu sous le ciel. La vieillesse, c'est l'automne de la vie, pis l'hiver c'est l'enfance. Comme dans la vie y a rien qui vient après l'automne, t'essaies de faire une rallonge avec quelque chose, t'as pas le choix, t'aboutis sus l'hiver vu que l'été veut rien savoir.

Dans les saisons, c'est pas rare de voir l'automne nous apporter des temps d'hiver; à peu près la même affaire que pour l'été. À l'automne, on a l'été des Indiens, c'est comme la vie. L'été revient, mais pas pour rester. Les jeunes viennent te montrer que tu les intéresses pas. Quand l'automne va visiter l'hiver, c'est un vieux qui fait un tour du côté de l'enfance.

L'automne, c'est pas mal comme la vieillesse. T'as froid quand y fait soleil; quand y mouille, tu t'ennuies; les arbres perdent leurs feuilles, toi tu perds tes cheveux, le soleil est dehors moins souvent, pis toi t'as moins d'idées.

Oui monsieur, y a des fois que je trouve ça beau l'automne, mais des fois, comme la vie, je trouve ça platte. C'est la vie qui veut ça. Même si on chiâle, on se lamente pour rien. T'es mieux de pas avoir le coeur gros souvent, parce que tu vas l'avoir longtemps. C'est ça, vieillir. Quand t'es jeune, tu gaspilles ton temps pour des folleries, quand t'es adulte t'en manques, pis quand tu vieillis, t'en as de trop.

Tu commences par avoir deux ou trois heures par semaine pis tu viens que t'en as assez que t'es poigné pour les tuer. Le problème c'est que tu peux pas en tuer vingt-quatre à la fois. Quand t'en as eu une, t'es content. Moi ce que j'en dis, c'est que c'est une chienne de vie. Pis si ça te fait pas, le bonhomme, farme ta soue. C'est pas à toi de décider. Depus que le monde est monde que ça marche de même, c'est pas toi qui va nous changer ça à soir. As-tu compris mon vieux testament?

Si tu voulais pas vieillir, fallut pas t'accrocher à la vie. Astheure arrange-toi, pis bâdre pas les autres. Si je me rappelle pas comment tu faisais, vieux snoreau. Je m'en rappelle comme de ta première veillée passée tout seul avec la belle Emma Boudreault, ta première femme, sans chaperon, rien.

Tu voulais vieillir mon vieux torrieux, ben endure astheure. Je te prends ben la face dans le miroir à essayer de te trouver quelques restants de jeunesse autour des yeux, sus tes joues qui sont encore plus déchirées que la terre avant les sumailles. Non, t'en as pus de traces de jeunesse. Regarde-toi les mains, lisses comme de la peau de fesse, les veines te courent d'un doigt à l'autre, grosses pis bossées comme des tuyaux de poêle. Y a pus rien en toi de jeune. Tout est vieux.

T'aurais pourtant ben aimé que ton miroir, qui te suit depus proche cinquante ans, te dise que c'est toi le plus beau pis le plus fin, mais t'es rien qu'un vieux détoureux, un vieux radoteux. Tu mérites pas que les jeunes viennent te voir, t'es trop achalant. T'es pas de service avec ta pipe qui te traîne dans la gueule comme du temps que t'étais bûcheron. Seulement, dans ce temps-là t'avais plus souvent des sacres qu'une pipe entre les dents. Pis ôte-toi de devant le miroir, t'as assez de te regarder tous les matins pour te raser. Tu t'es assez vu pour aujourd'hui.

Dans le fond, je me demande pourquoi faire que je me rase tous les matins comme au temps de ma prime jeunesse, quand fallait que je m'adoucisse les joues pour ma femme, le soir avant de me coucher ou le matin du Jour de l'An pour les embrassades après la bénédiction. Astheure c'est du temps perdu. C'est vrai que j'en ai en masse; le perdre en me rasant, en me brossant les dents, en me lavant ou en me tordant les pouces, faut que je le fasse passer pareil. Chus aussi ben de le passer à nettoyer le cochon.

De même, si quelqu'un arrive comme un cheveu sus la soupe, y sera pas surpris. Y a assez que ça sent la pipe icitte. Dire que je m'en suis aperçu la journée que le vieux voisin m'a emmené faire un tour au village avec lui.

Y faisait un frette à écorner les boeufs pis à couper les chiens en deux. Quand chus revenu au foyer, que j'ai ouvert la porte de ma chambre, la senteur m'a sauté à la gorge comme un loup qui se jette sus une moutonne. Ça empestait que le yable. J'ai compris c'est que ça veut dire, sentir le p'tit-vieux.

Sus le coup, j'ai passé trois jours avec la panse de cochon sus le frigidaire. C'est pas possible de sentir de même pis de pas s'en apercevoir. C'est ben pour dire qu'un cochon s'habitue à traîner dans sa marde.

Depus ce temps-là, tout est revenu pareil. J'ai recommencé à fumer, j'ai pas ouvert une vitre depus les premiers frettes du mois d'août, pis ça pue. Sauf que je me sus débarrassé de mon crachoir rapport à la garde-malade qui disait que c'était plein de microbes. Elle m'a dit que si je voulais y faire plaisir, j'avais rien qu'une chose à faire. Elle a pas eu besoin de me faire de dessin. J'ai compris dans ses grands yeux noirs, la fois d'après, que j'avais visé dans le mille. Faut dire qu'elle est d'adon, la petite garde-malade, pis y a des fois que je voudrais ben avoir cinquante ans de moins, je crois que j'y ferais un petit brin la cour.

C'est pas comme l'autre qu'y avait avant. Bête comme ses pieds, pas plus d'éducation qu'un gars de chantier. Y a des fois que je me demande, dans l'intimité d'un couple, si elle sacrait pas un petit brin. Je croirais que oui.

C'est vrai que c'est pas elle qui avait le temps de venir nous border quand on se couchait. On était cinquante-trois dans le temps; astheure on est trente et un. Pis de ces trente et un-là, y en a vingt qui sont en couples.

La petite jeune est même venue me voir un après-midi en disant qu'elle me donnerait une heure rien qu'à moi. Finalement, elle a passé son après-midi avec moi. Toute une après-midi rien que pour moi, rien qu'avec moi. Ça faisait longtemps que j'avais pas passé une belle journée de même. C'est comme si le soleil du printemps était apparu dans ma chambre avec une poignée de blé dans les mains. Elle riait pis c'était comme de l'eau de source qui coule sus les roches dans un sous-bois. Ses mains qu'à remontait dans sa tignasse brune avaient l'air de rayons de soleil roses.

C'est ses grands yeux noirs qui ont l'air de pas pouvoir s'ouvrir assez grands pour tout voir, ses lèvres qui laissent glisser des phrases toutes chaudes pis toutes pleines de douceur avec une voix à te faire rêver, douce comme du miel. Hier matin, je l'ai entendue qui chantait comme un merle. J'ai ouvert ma porte, j'y ai dit bonjour; pis quand elle m'a répondu, j'étais assez heureux que je me suis mis à chanter à mon tour. Je chante ben manque comme un crapaud mais j'avais le coeur en fête, je me suis pas retenu.

Pas besoin de jouer les hypocrites pour contenter les vieux. Juste montrer que tu t'es aperçu que quelqu'un te parlait, le vieux est heureux pour le reste de la journée.

Dans le temps, quand on voyait un vieux, on y parlait. Des fois, on l'aidait à traverser la rue quand on avait un peu de temps. Astheure, quand les jeunes te font voir qu'y t'ont aperçu, c'est pour se moquer de toi. Je voudrais ben les voir se faire ridiculiser comme y font avec nous-autres. Peut-être qu'y trouveraient ça moins drôle.

C'est à cause de ça que je sors presquement pus; faire rire de moi, ça m'intéresse pas. Je vas chercher mon tabac au village de temps en temps, le vendeur me crie par la tête. J'entends pus comme à vingt ans, mais chus pas sourd pour autant. Je sais ben qu'y peuvent pas être au courant de tout. Mais quand tu sais pas pis tu veux savoir, tu demandes. C'est pas malaisé, ça se fait par le monde.

Je sais aussi que c'est pas tous les vieux qui sont comme moi. Y en a des plus jeunes pis plus maganés que moi, comme y en a qui sont plus vieux pis plus en santé. Horace, lui, avec ses quatre-vingt quatorze ans, y est ben plus vieux que moi, pourtant y va à la messe tous les matins que le bon Dieu emmène, beau temps, mauvais temps. Y sait que chus ben plus jeune que lui, mais y dit que les cannes c'est bon pour les vieux, qu'y est encore trop jeune pour en avoir une.

Y a Marie itou que, rendue à quatre-vingt-neuf ans, elle parle encore une langue toute emmaillotée de douceur, qui est encore belle comme aux jours de ses soixante-cinq ans, quand je l'ai connue. Ça devait être une beauté rare quand elle avait vingt ans, la douce Marie. Ah, ben sûr, y a des fois qu'elle comprend pas du premier coup pis elle porte des lunettes, en seulement elle a bon pied bon oeil pour son âge. Elle était maîtresse d'école pis je la vois encore souvent dans le salon du foyer avec un livre sus les genoux, pis elle y fait assez attention que tu jurerais qu'elle est en train de changer les langes d'un bébé. Elle lit des heures de temps en disant que ça la désennuie.

Moi chus pas allé à l'école; je sais pas lire. J'aurais aimé ça qu'elle me montre, dans le temps, mais ça entre moins facilement quand t'es vieux. Astheure, chus pus assez patient pour commencer à apprendre, pis chus trop chiâleux pour y demander d'essayer. Des fois, je me dis que je devrais aller la voir pour y demander de me lire des livres, mais comme chus trop orgueilleux pour y avouer que je sais pas lire, j'ose pas y demander.

Dans le temps, y étaient chanceux ceux-là qui pouvaient aller à l'école. Quand t'avais marché au petit catéchisse le dimanche après-midi avant de faire ta première communion, c'était tout. Fallit que tu gagnes ton sel ou que tu crèves. Y avait les ceuses qui devenaient prêtres, les maîtresses comme Marie pis les docteurs qui avaient de l'instruction. Y étaient même capables de parler en latin. Les autres avaient fait leur première année. Après, y faisaient la même affaire que ceux qui avaient toujours vu les écoles de dehors, comme moi, y prenaient les champs l'été, le bois l'automne, pis la rivière au printemps.

Y avait pas de passe-droit. Tout le monde était pareil. Le bon Dieu a dit qu'on devrait gagner notre pain à la sueur de notre front, pis on connaissait pas d'autre façon de le gagner.

Astheure, les jeunes cherchent à suer le moins fort possible. Moins y ont d'ouvrage, plus y sont contents. Faudrait qu'y aient de l'instruction à revendre. En seulement, y peuvent pas tous être curés, docteurs ou maîtresses d'école.

C'est comme le reste, c'est ben beau de dire qu'y veulent voir clair pis brûler la chandelle par les deux bouts, mais à force de chercher à voir plus clair, y s'aperçoivent pas que la chandelle brûle deux fois plus vite. C'est pas rapport qu'on pense pas comme eux-autres qu'on est obligés d'avoir tort. On a pas d'instruction, mais tu vas peut-être plus loin avec l'expérience qu'avec l'instruction. C'est tout ce que j'ai appris, mais au moins, ça, je l'ai appris.

Je sais qu'on a pas toujours raison. Un vieux, c'est pas le bon Dieu, ça peut se tromper. Mais ça peut avoir raison itou. La vie qu'on a usée jusqu'à la corde a ben manque servi à apprendre de quoi, jamais je croirai.

C'est la même affaire que la drogue des jeunes. On avait pas ça dans le temps, pourtant on avait du fun dans nos veillées. Astheure ça se drogue en faisant des simagrées pis ça dit de faire l'amour à la place de la guerre.

On faisait les deux pis on était pas malheureux. C'est ben beau pis ben bon de faire l'amour mais c'est pas tout. Nous-autres on savait se contenter. La meilleure manière de profiter de l'amour quand y passe, c'est de s'haïr de temps en temps.

Correct, on faisait du chien pis des affaires de même durant la prohibition pis y en avait qui avaient des alambics cachés dans le bois, mais même si on prenait un coup dans le temps des fêtes, on savait se tenir. C'est vrai que le temps des fêtes allait des fois jusqu'au Mardi Gras, pis y avait des maisons qui étiraient Pâques jusqu'après l'Ascension. Au moins on achetait pas la cochonnerie des autres à prix fort.

Je me rappellerai le restant de mes jours la marche que j'ai été prendre avec Charles Malenfant. Je m'énervais pas pour le suivre rapport que malgré qu'y a juste soixante-neuf ans, y est encore plus slow que moi. À tout bout de champ, fallait que je m'arrête pour le laisser reprendre son souffle.

Tout d'un coup, comme on arrivait au coin de la rue, on a vu arriver deux jeunesses avec les cheveux sus les épaules. Je crois qu'y avait une fille dans les deux. L'autre avait une grande barbe. Comme y avaient des couvartes sus le dos, je peux pas dire si y avait une fille ou si c'était deux gars. Y fumaient une cigarette en se la prêtant. Pas plus grosse qu'une paille. Ça puait quand y ont passé à côté de nous-autres... Fiou!

Attifés comme la chienne à Jacques, les culottes roulées comme pour aller à la pêche, sales, nu-pieds dans des sandales. Je m'en rappelle comme si c'était hier. Y avaient des lunettes rondes comme on portait dans le temps. Moi j'aurais eu assez honte, y a pas de danger que j'aurais sorti de la maison.

C'est vrai que mon grand-père m'aurait jamais laissé faire. Mais les jeunes ont pus de fierté. Y ont pas de coeur! C'est de la mauvaise graine. J'imagine le sermon que mon grand-père m'aurait fait dans le temps si y aurait fallu que j'essaye de sortir de même. Je crois que j'aurais été une escousse sans mettre le nez dehors. Quand j'allais voir les créatures, fallait que je sois tiré sus mon trente et un. Les souliers noircis avec de la cire, les culottes sans tache ben repassées, pis la chemise blanche, propre. On avait les cheveux peignés; ceux-là qui portaient la barbe avaient le coeur de la couper de temps en temps itou.

Quand on suivait une créature on se demandait pas si c'était un homme. Elles étaient en robes, pis toutes seules à porter les cheveux longs.

Pour les jeunes, c'est malaisé de s'imaginer comment c'était dans le temps. Moi je sais c'était quoi s'éclairer au fanal, se chauffer au bois, se coucher à l'heure des poules pour se lever avec le soleil, vivre de la terre, pas de char dans le village, des chemins de gravelle avec des voitures à chevaux l'été, des traîneaux l'hiver, garder le beurre au fond du puits, saler ou fumer la viande, faire boucherie à la maison. Les jeunes voudraient qu'on accepte tous les changements qu'y a eus depus vingt-cinq ans en disant que c'est normal.

En seulement, c'est pas si aisé que ça. On avait pas de chômage ou de bien-être dans le temps. Tu payais quand le docteur venait. T'avais des services par exemple. Quand t'appelais le docteur à trois heures du matin, y enfilait une paire de culottes pis y venait. Le travail était noblesse.

Quand un quêteux se montrait sus le perron, tu faisais ce que tu pouvais. Où y en a pour quinze à table, y en a pour seize. Nos mères y donnaient sa pitance.

On avait du respect pour les autres. Astheure, c'est au plus fort la poche. Les autres mangent de la marde. Si y sont pas contents, y ont rien qu'à aller chercher satisfaction ailleurs. Dans le temps, ça aurait pas marché de même. Si t'étais victime d'une injustice, tout le monde dans le rang, du premier jusqu'au dernier, tout le monde se levait comme une muraille d'église pour que ton tort soit réparé. On se serrait les coudes. On s'aidait à la place de se nuire.

On était fier d'aider. On savait c'était quoi la solidarité. Astheure, les jeunes connaissent le mot. En tous les cas, c'est ce qu'y disent, mais y savent pas c'est que ça veut dire. Moi j'aime mieux moins en connaître, mais savoir c'est que ça veut dire. De même t'as moins l'air ignorant. Se servir des mots, tout le monde est capable, mais dire les mots qu'y faut où y faut, de la manière qu'y faut, c'est une autre chanson. Ça suppose que tu sais ce que tes mots veulent dire. C'est pas mal moins aisé, moins drôle, tu parles pas pour rien dire.

Chus pas capable de m'y faire. Si au moins y laisseraient aller les vieilles affaires en douce, si y s'en débarrasseraient tranquillement, mais non. On a trouvé de quoi qui fait notre affaire, on jette au plus sacrant ce qui est remplacé. Dans le temps, on prenait le temps. Après, si la trouvaille était plus efficace, on laissait aller l'autre. Le temps, y a rien que ça de vrai. Y t'aide à voir si tu te serais pas trompé.

À les entendre, faudrait que tu saches à quoi tu vas aboutir avant même de savoir pourquoi tu fouilles. Dans le temps, on prenait le taureau par les cornes, pis on essayait. Quand on avait trouvé de quoi, on le mettait à l'épreuve; on savait que si tu craches trop haut, ça te retombera sus le nez. On savait qu'on était pas le bon Dieu, pis que ça pouvait se retourner contre nous- autres. C'est bon pour les politiciens de croire qu'y sont capables de tout faire mieux que tout le monde. On est pas, pis on sera jamais le bon Dieu. On peut pas agir la même affaire que si on le serait.

On parlait pas du F.L.Q. dans le temps non plus. On en parlait pas, on le vivait. Correct, ça s'appelait pas F.L.Q., en seulement un chien est pas obligé de s'appeler Pitou pour mordre. T'avais pas besoin de t'appeler F.L.Q.

pour avoir le roi dans le cul. Tu disais que t'étais Canadien-français, c'était pareil.

En trente-neuf, à Chicoutimi, y ont jeté le drapeau de l'Angleterre au feu sus la place publique parce que le monde était contre le service obligé pour aller défendre le roi. Quand tu veux pas de claques sus la gueule par Hitler, tu t'amanches pour pas y en donner. De même t'auras pas à te faire défendre par ton voisin. Mais l'Angleterre a toujours été de même depus qu'y ont volé le Canada. Y se servent de nous-autres pour les défendre. Je me demande pas pourquoi faire qu'on a une devise française au Québec. Moi itou, je m'en souviens.

J'ai toujours voulu m'appartenir, lutter pour mon coin de terre. Tant que j'ai été sus c'te terre-là, je me suis battu pour la garder, essayer de l'agrandir en rongeant la terre des Wilson à côté, des verrats d'Anglais qui se sacraient du fait qu'y étaient au Québec, qui parlaient anglais gros comme le bras. Je faisais ça honnêtement, mais j'achetais le plus que je pouvais.

Si au moins je serais raciste ou je détesterais les Anglais, mais chus pas capable. Y ont déporté mon bisaïeul, y nous ont volé le Labrador. Depus que le Canada leur appartient, ça a toujours été de même. On est Canadiens pis c'est pas demain que ça va changer. Tant qu'on aura des trous de cul à Québec avec des chiens sales comme Trudeau à Ottawa, y aura rien à faire. On est traités en esclaves. Y le disent pas, y ont peur qu'on se revire.

Dans le temps, on aurait reviré le parlement avant qu'y nous détruise. Le français, c'est la première langue des vieux pays à avoir été apportée en terre d'Amérique. Ça doit être la dernière à s'y éteindre. Après l'anglais même; surtout après l'anglais! Y a rien de plus facile que de mettre une loi de côté, la traîner dans la vase comme les Anglais nous font depus au-dessus de deux cents ans.

Je voudrais ben me revoir à quarante ans pour leur montrer comment ça se fait, une révolution. Mais chus collé à ma berceuse, collé pour pus en décoller. Avec ma berceuse pis mes meubles, avec les arbres d'en avant qui ont à peu près mon âge mais qui sont tout le contraire de moi, qui se raidissent en vieillissant. Chus poigné à jongler à coeur de jour, le nez collé dans la vitre comme un enfant qui est malade, qui a pas le droit de sortir. Y regarde les goélands faire la navette entre la dompe pis le fleuve. Chus aussi poigné que le premier pis aussi libre que le deuxième, mais chus pas un oiseau, chus pas un enfant non plus. Chus un vieux qui radote, qui se lamente à coeur de jour.

Peur de la mort, moi? Pas de danger! Je me rappelle m'être couché avec une femme un soir, pis m'être levé avec la mort à côté de moi qui me tenait par le cou. Ma défunte Emma est morte de même, avec ses bras autour de mon cou.

Je me rappelle le matin du 24 juin '49, itou. Quand je me suis arrêté de travailler avec l'Angélus, chus retourné à la maison; la mort m'attendait pour me dire qu'elle était venue chercher ma deuxième femme, mon Évangéline.

Peur de la mort? Non! Ça serait une délivrance. Je dis pas que je l'aime, chus pas plus fin qu'un autre, mais j'ai pas peur d'elle. La dernière fois, c'est quand mon Eugène est mort, en soixante-et-onze. J'ai-tu eu plus mal rapport que c'était mon enfant ou bedon si c'est parce que chus plus vieux? Je le sais pas. La mort m'a fait mal, pis souvent. Mais elle me fait pas peur.

J'ai eu du beau temps avec la vie. Pis du bon temps à part de ça. Y a ben du monde qui en a eu pas mal moins que moi, qui sont morts avant d'en profiter, avant de trouver le mode d'emploi de la vie. Moi, j'achève de l'user. Je l'ai usée jusqu'à la corde. Là, la corde est pus assez solide pour me pendre avec.

J'ai vécu ma vie à plein jusqu'à temps que les enfants me rentrent icitte. C'est pas avec ma pension de vieux que je vas laisser de l'argent aux enfants. Je gruge leur héritage rapport que le gouvernement est trop avare de notre argent. C'est nous-autres qui les fait vivre depus qu'y sont là, mais y sont trop grippe-sous pour nous donner une vieillesse confortable. Engeance de démons. Après ça, y gueulent de contre le bien-être pis les chômeurs. C'est eux-autres qui ont sorti ça. Mais c'est pas grave, c'est le monde qui paye. Pas assez d'une bande de pourris à Québec, ça en prend une autre à Ottawa.

Des sangsues. Dans le temps, quand un gouvernement faisait pus l'affaire, on le mettait dehors. En '36 quand on a vu que les libéraux de Taschereau nous volaient, on a mis Duplessis sus l'affaire pis y a forcé le gouvernement à démissionner. On leur a redonné une chance en '40, en pensant qu'y refuseraient la conscription, mais y étaient aussi pourris avec un autre chef. On les a mis à la porte pour une escousse. Quand les années soixante-dix sont arrivées, le monde ont été assez innocent pour voter pour un gars qui se fait ronner par son beau-père pis Ottawa. Charognes!

Ça marchait pas de même dans le temps. Les jeunesses ont le front de te demander "pourquoi faire que vous vous ennuyez, pepére?" C'est pas sorcier à comprendre. On s'arrangeait pour se tirer d'affaire en se rendant service les uns aux autres. Si y en avait un qui levait maison, tout le rang aidait avec les moyens qu'y avaient. Astheure, c'est à celui-là qui va manger son prochain.

Chus peut-être un vieux chiâleux, mais je sais quand même que pour mourir en paix, faut avoir la conscience en paix. Moi, c'est pas ça qui me manque. J'ai doutance que j'aurai pas à regretter d'avoir marché droit toute ma vie. J'ai aimé le petit bout de pays que les Anglais ont pas eu le choix de nous laisser; j'ai élevé mes enfants dans le respect du bon Dieu pis de l'Église; j'ai travaillé pour accorder le bonheur à mes deux créatures; j'ai aidé mes voisins tant que j'ai pu. Astheure, le bon Dieu a beau venir me chercher, je suis paré, je l'attends.

J'ai pus la force d'aller à l'église tous les jours, mais je dis mon chapelet trois fois par jour. Je m'amanche pour aller à la messe tous les premiers vendredis du mois. Même si le pape a dit qu'on pouvait manger de la viande le vendredi, quand j'arrive à la cuisine en bas, que c'est ça qui est servi, je jeûne ce jour-là. Autrement je serais pas en confiance avec moi.

Quand t'as fait maigre toute ta vie, tu commences pas, à mon âge, à manger du steak le vendredi. Personne va m'ôter ça de la tête. Le pape a beau pas se tromper, chus pas obligé de manger de la viande le vendredi. Je l'ai jamais fait, c'est pas astheure que je vas commencer.

Les jeunes pensent que t'as rien qu'à leur dire qu'y ont le droit d'aller se jeter à l'eau pour qu'y allent. Le monde au Québec est assez suiveux, assez mouton, c'est pas surprenant qu'y nous aient donné un berger pour patron.

À les entendre, les jeunes savent tout. Mais y savent rien que c'est qu'y ont pas besoin de savoir. C'est ben beau l'instruction mais si c'est tout ce que ça sert, ça vaut pas la peine de tant en avoir. Allez donc essayer d'entrer ça dans la caboche des jeunes astheure. N'empêche que j'aime mieux pas savoir lire ni écrire, pis savoir ce que je dis ou ce que je fais. Tout le monde peut pas en dire autant.

C'est pas qu'y sont mauvais, c'est qu'y ont pas appris avec les bons professeurs. Nous-autres, on apprenait avec la hache pis le pic à drave, avec les boeufs de labour pis la faux. On apprenait en se faisant des ampoules aux mains pis aux pieds. La connaissance, la vraie, c'est par les mains pis les pieds qu'elle entre, pas par les oreilles à écouter parler celui-là qui a usé ses culottes sus les bancs d'école.

Le jour que les jeunes vont se rentrer ça dans la caboche, ça va changer sus la terre. Au fond, la vie c'est une histoire d'enfant. Manquablement c'est pas toujours gai, mais dans les histoires pour enfants, y a des sorcières itou. Y a pas rien que des magiciens. Mais pour les jeunes, la vie c'est un tas de marde qu'y faut se débarrasser au plus sacrant. Je dis pas que c'est pas vrai que la vie est un tas de marde, mais de la marde c'est du fumier; autrement dit, de l'engrais.

Je serais curieux de voir si y sont capables de trouver quelque chose à leur goût dans la vie. Si la vie est pourrie, c'est que t'en as pas pris soin. Faut la respecter pour qu'elle te respecte, te donner à elle sans compter, comme ça, elle va se donner à toi de la même manière. Bout de verrat que la vie sera belle pour les ceuses qui vont le comprendre.

Moi j'ai usé la vie à plein, astheure c'est à son tour. Je m'en plains pas, je l'ai voulu, je l'ai eu. Quand tu sèmes des carottes, faut pas t'attendre à ramasser des oignons à l'automne. Si t'es flanc-mou toute ta vie, faudrait pas penser que t'auras la vaillantise pour récompense dans tes vieux jours.

Les jeunes disent qu'y pourront se reprendre quand y seront dans une autre vie. C'est des folleries, ces affaires-là. Quand tu meurs, c'est pour de bon. T'as pas de chance de te reprendre une autre fois.

Non, y en aura pas un verrat pour m'entrer dans la tête que quelqu'un de normal peut revenir après sa mort. À moins d'être de marché avec le diable. C'est pour ça que dans le temps, y brûlaient les sorcières.

Faudrait pas que je dise ça aux jeunesses, y diraient que c'est pas dans un foyer qu'y faut que je sois, c'est dans un hospice pour les fous. Rapport qu'eux-autres l'ont pas vu, y me croiraient jamais. Une vraie bande de St-Thomas. Pourtant c'est la vérité vraie. Aussi vrai comme c'est vrai qu'une fois de plus à soir, chus tout seul à bercer mon ennui avec des rouloirs en dessous de ma berceuse qui comptent les secondes qui s'usent.

CHAPITRE — III —

Si je saurais le don d'écrire, je leur en ferais un, moi, un livre aux jeunes sus la vie d'un vieux. Ça leur montrerait peut-être de quoi d'utile. Pis ça serait plus vrai que les leurs. Ça a pas le nombril sec pis ça pense nous connaître assez en passant une heure avec un vieux pour faire un livre sus sa vie. Je leur montrerais, moi, que dans le temps, la vie se vivait pas sus l'air d'une chanson.

C'était pas toujours drôle, mais on s'amanchait pour prendre la vie par le bon bout. Pour moi, la vie c'est ben proche comme un fusil. T'as rien que deux manières de la prendre. Si tu la prends pas par le bon bout, elle te réserve des mauvaises surprises. Quelques fois je l'ai oublié, ça a pas été long que ça m'est revenu dans l'idée. On aimait s'amuser, en seulement, faut de temps en temps que tu te retrousses les manches, que tu te craches dans les mains, pour t'atteler à la besogne.

Les jeunes te courent après pour te faire raconter ta jeunesse; quand tu viens pour parler de l'ouvrage, "ben le bonsoir, nous-autres on a d'autre monde à voir". Y te laissent là avec tes idées à remâcher. Je voudrais ben être curé moi, les livres qu'y font sus le dos des vieux, je couperais ça court. À l'index! Dans le temps, y en avait un paquet de livres à l'index. Des semaines, le curé en annonçait deux, trois.

Moi ça me bâdrait pas. Quand tu sais pas lire, tu t'occupes pas de ça. Les jeunes veulent pas entendre parler de ça non plus. En autant qu'y savent comment se passaient nos soirées, le reste c'est pas important. Pis y pensent te connaître.

Si t'as pas fini ton ouvrage aujourd'hui, avec eux-autres, tu la finiras demain. Dans le temps, quand tu commençais, fallit finir la même journée. Quand t'as deux trois âcres de foin coupé, y est pas question de laisser ça là le soir, rapport que le lendemain y peut mouiller, pis tu vas perdre de l'argent à plein.

C'est pas qu'on était avare, mais quand t'en as pas d'avance, tu t'arranges pour pas en gaspiller. Dans le temps, y avait pas de fannes. Ni de tracteurs. Tu travaillais avec la time de chevaux pis le boeuf. Un boeuf c'est ben manque fort, mais c'est pas si vite qu'un tracteur; ça se brise moins souvent, pis ça coûte pas les yeux de la tête de gaz. Si y s'échappe dans les labours, ça fait pas de tort, c'est de l'engrais. Tu l'as pour la reproduction pis y mange déjà, c'est pas pire de le faire travailler. Fallit que les animaux, gagnent leur mangeaille itou. T'avais pas le temps de courir aux vaches au souper, t'envoyais le chien.

Les jeunes veulent pas savoir ça non plus. Y prennent ce qui les intéresse, le reste y l'envoyent au diable, d'un tas, avec toi par-dessus. Si c'est pas une chanson ou une vieille chaise à acheter, y sont pas intéressés.

C'est une autre affaire ça, les vieux meubles. Ça part faire un tour du rang avec un trailer pis une couple de piastres, pis ça pense que tu vas les laisser partir avec tout ce que t'as, presquement la maison avec. Leurs deux piastres, y ont beau se l'envoyer à la même place que je me mets le portrait qui est dessus. Ça itou, y s'en sacrent comme de l'an quarante.

Ça entre sans cogner, pis ça s'installe; "moi chus chez-nous, ça fait que le bonhomme, prends ton trou". Pas plus de respect pour toi que pour les souvenances qui te rattachent à tes vieux meubles. C'est rapport qu'on tient au patrimoine, qu'y disent.

C'est beau de vouloir que nos meubles servent encore un bout de temps, mais si tout le monde ferait de même, où c'est qu'y travailleraient, les ceuses qui sont dans les factries de meubles. C'est beau d'aimer les chaises qu'on gossait avec un couteau de poche, mais si ça continue de même, y en auront pas de meubles de leur génération. D'un autre côté, ça aura ça de bon, y se feront pas bâdrer par des fatiquants.

Pis tu les vois pas venir. Ça rentre quand y mouille à boire debout', ça se met à placoter. Comme y sont mouillés, tu les fais dégreiller en leur offrant du thé. Manquablement tu sors le thepot à thé, la jarre à biscuits avec quelques tasses, le pot à lait, le sucrier, pis là ça commence: "où c'est que vous avez pris ça, c'te belle théière-là? Ça vaut-ti ben cher?"

Tu sors le sirop d'épinette pour leur en donner une cuillerée; les vieux comme moi, ça sent venir le mal de loin, pis comme on dit, mieux vaut prévenir que guérir. Y veulent ta recette, que tu leur vendes le reste de ton sirop ça leur prend le cruchon avec, rapport que du sirop c'est un brin collant, ça coule. Si tu les laisses faire, y vont partir même avec tes bretelles pis tu seras poigné avec de la corde à manille pour tenir tes culottes. Si tu leur laisses la chance, eux-autres t'en laisseront pas. Ça sera pas long qu'y vont vider la maison.

J'en ai vu r'soudre, un peu avant de fermer maison. Un beau petit couple de jeunes. Y arrivent en se lichant. Pis y ont commencé à me seiner mes affaires.

"Vous avez ben un beau crachoir, où c'est que vous avez pris ça?" Le batèche, y sait pas à qui y a affaire! J'ai dit "ça tombe ben, y sont en spécial chez Dupuis". Chaque fois qu'y disait que de quoi le tentait, j'y disais qu'y était en spécial quelque part. Crains pas qu'y a compris. Y a une autre race qui vient te jeter de la poudre aux yeux. Y disent qu'y sont sociologues. Y te font raconter ton histoire pis y en font une avec ça, mais y marquent pas tout. Y l'écrivent si tu parles de fleurs pis d'oiseaux, mais si tu parles de ton ennui, faut croire qu'y s'en rappellent pas, y le marquent pas.

C'est peut-être drôle pour les jeunes, mais c'est rien qu'un bord de la médaille, pis par chez-nous, manière d'accoutumance, y ont toujours fait les médailles avec deux bords. Comme y montrent juste un bord de ta vie, c'est une sorte de menterie. Je regarde la belle Marie qui lit ça, ces livres-là, des fois avec un sourire au coin des lèvres. Ça fait drôle parce que Marie, avec les rides qu'elle a autour de la bouche quand elle rit, on dirait qu'elle a une rose à la place de la bouche. Y seront pas capables de me rentrer dans la tête qu'y peuvent trouver un vieux qui a toujours été heureux. Toujours des hauts, jamais de bas.

C'est de valeur, j'ai appris trop tard que la jeunesse, c'est le plus beau temps de ta vie, pis si tu la vis pas à plein, y va t'en manquer un bout quand t'auras mon âge. J'aimerais ça le dire à mes petits-enfants. Qu'y en profitent; quand t'auras vingt-cinq, trente ans, que t'auras pris créature ou ben mari, que t'auras six, sept enfants, ça sera trop tard.

Y ont pus des familles comme avant, mais quand même. Le temps qui est passé revient pus jamais. Pis t'as pas toujours le temps de le voir passer. Tu déjeunes le matin t'es bébé, tu dînes jeunesse, tu soupes à la cinquantaine, pis le soir, quand tu viens pour te coucher, t'es rendu vieillard. C'est de même qu'elle passe, la vie.

Les jeunes disent que c'est les vieux qui ont le bon temps. C'est qu'y pensent pas, c'est qu'on est pus capables d'en profiter. C'est ben beau d'avoir le temps d'aller t'asseoir dans le parc, pour voir les écureux sauter d'une branche à l'autre, écouter chanter les oiseaux, mais faut d'abord être capable de te rendre au parc.

C'est beau de dire que tu peux partir en raquettes, sans rendre de compte, mais quand t'as de la misère à mettre un pied en avant de l'autre avec une canne, tu laisses faire la raquette. De toute façon, t'es rendu frileux. Tu restes chez-vous, le nez collé dans la vitre, comme un enfant qui voit tomber la première neige, qui peut pas sortir rapport qu'y est en punition. Sauf que vieillir, c'est pas une punition, c'est normal.

La vie est pas drôle, mais elle est belle en batèche pareil. Les jeunes arrivent dans la vie en pensant que c'est un calvaire. Y ont pourtant du beau temps. Nous-autres itou on avait du beau temps. L'hiver on partait dans la carriole, tout emmitouflés en-dessous d'une peau d'ours pour aller à la messe au son des grelots. Les jeunes connaîtront jamais ça.

Y ont beau essayer de faire comme dans le temps, je les blâme pas, mais y réussiront jamais à faire exactement comme dans le temps. Les chantiers...! Y a encore des bûcherons, mais ça bûche l'été avec les chain-saws, pis dès qu'y sont en moyens, y achètent des machines avec des roues hautes comme un homme pis y font une coupe à blanc. Ça reste dans des camps chauffés, éclairés avec les douches, la t.v. en couleurs pis le radio; ça descend en ville à toutes les semaines, mais ça se lamente.

Dans le temps, tu restais au chantier tout l'hiver. On restait dans des cabanes avec des lits de sapinages, chauffées avec une truie. Y avait pas d'eau courante, tu te lavais pas. C'était pas long que les poux te poignaient. Tu bûchais proprement. T'aurais eu le malheur de faire une coupe à blanc, ton boss t'aurait fait ton temps pis tu serais reparti pour en bas. C'était la cognée avec le godendard, pis tu partais au petit jour pour finir à la nuit tombante, entre chien et loup.

À une piastre et dix de la corde, tu te grouillais. Quand t'arrivais au camp, tu filais pas pour jouer; soupe, raconte une couple d'histoires, revire de bord pis dors. T'attendais pas les nouvelles, rapport que des t.v. y en avait même pas en bas.

Tu revenais à la fin janvier pis quand la rivière cassait, la drave commençait. Tu partais sans savoir si tu reviendrais. Les plus chanceux revenaient avec une bonne grippe. Couché mouillé, levé mouillé, tu passais la journée mouillé rapport que tu tombais à l'eau au moins une fois par jour.

Ça faisait une vie ben remplie. Moi, mon grand-père travaillait la terre, j'y donnais un coup de main pour les semences. Je restais à la maison jusqu'après les récoltes. Les labours faits, y me restait rien qu'à repartir dans le bois. C'est pour ça que mon grand-père m'a couché sus son testament. Je connaissais le train, le roulement de la terre, pis mon grand-père savait que je forcerais pas la terre pour la vider. Avec lui j'avais pas besoin de diplôme long comme mes deux bras.

J'ai toujours fait de mon mieux pour haler tout ce que la terre voulait me donner rapport à mon bord indien qui me venait de ma grand-mère. Je respectais la terre. Astheure avec les engrais en poudre y sont en train de la ruiner. Dans le temps, on prenait du fumier. Celui-là des moutons, des vaches, des chevaux pis des cochons, tout y passait. Ça faisait une terre riche pis bonne comme y pourront jamais avoir avec leur poudre. De la marde c'est de la marde pis c'est ce qui a de mieux pour renforcir la terre, y faire donner son plein rendement. Y a pas un jeune qui va me dire le contraire même avec des diplômes long comme ma terre.

T'espérais pas mieux parce qu'y avait pas mieux. Tu risquais pas de faire de jaloux, tout le monde était sus le même pied. Y avait quelques riches comme mon voisin l'anglais, mais y étaient assez rares, pis assez riches que tu pensais pas à les envier. On avait les mêmes péchés capitaux qu'astheure, mais y en avait sus la black list rien que pour la forme.

Tu pouvais pas avoir les yeux plus grands que la panse durant la crise. Tu peux pas pécher par gourmandise quand personne mange à sa faim. Une heure après le repas, l'estomac te grognait. Tu desserrais pas tes culottes en t'assisant à la table.

Des suce-la-cenne, y en avait pas non plus. C'est malaisé de faire l'avarice quand t'as pas d'argent. Y toujours les biens autres que l'argent, mais quand le quêteux passait, tu desserrais les cordes. Astheure y a pus de quêteux. T'as beau fouiller les rangs, ça fait des années que ça existe pus. C'est-tu qu'y a pus de pauvres ou rapport au bien-être? Je sais pas.

Y avaient leur côté pratique. Tu disais aux enfants que tu donnerais les fatiquants au quêteux quand y passerait. Crains pas que ça se calmait. Quand ça voulait pas se coucher, tu sortais l'histoire du bonhomme Sept-Heures. T'allais dans le pied de l'escalier pis tu disais "y est sept heures moins cinq". Si ça continuait, cinq minutes après, tu cognais au plafond avec le manche du balai, tu prenais une grosse voix pis tu disais: "C'est moi le bonhomme Sept-Heures, y a-t-y des enfants malcommodes ou ben des enfants qui dorment pas icitte? Chus venu en chercher quelques-uns, j'ai pas mangé depus hier, pis j'ai un creux dans le ventre. Je serais paré à en manger quatre-cinq pour sûr, pis même si vous en avez plus, ça me fera des réserves pour demain."

Batèche, ça se tranquillisait. Dans le temps de le dire tu les entendais ronfler d'en bas. Des fois y continuaient à rire, confiants que tu dirais qu'y avait pas d'enfants haïssables. Tu reprenais la voix du bonhomme Sept-Heures pis tu disais "Je veux ben vous croire mais comme j'ai ben faim, j'aime mieux aller voir ça de mes yeux vus, ces enfants-là".

Crains pas que ça leur coupait le fun quand tu montais les marches. Tu le faisais exprès pour faire du bardas. T'arrivais en haut pis y avaient les yeux fermés dur. Tu redescendais en disant que tu resterais un p'tit bout de veillée dans l'espoir qu'y en aye un qui se réveille pis crains pas, cinq minutes après, ça dormait pour de vrai.

Pis cette histoire-là, tu pouvais la refaire tous les soirs, y se faisaient poigner pareil. Essaye donc de poigner les enfants avec des histoires de même quand y s'amusent avec des bebelles qui font presquement peur aux adultes! C'est vrai que sus ce plan-là, y sont moins misérables qu'on l'était.

Ça empêche pas qu'on avait du bon temps que les jeunes ont pus. Moi, à sept ans, je travaillais avec mon grand-père. Dans le temps, sept ans c'était la même affaire qu'astheure, c'était jeune en désespoir. Une fois j'avais fait un coup platte pis pour me punir mon grand-père m'a envoyé me coucher sus la tasserie pis y avait mouillé presquement toute la nuit. Le diable était dans le temps. Mon grand-père m'avait toujours dit que le tonnerre c'était la voix du bon Dieu pour punir les enfants qui avaient fait de quoi de mal, pis les éclairs c'était la lumière qu'y faisait pour trouver les enfants en question.

Quand j'ai entendu le tonnerre pis les éclairs, j'ai poigné souleur pis je me suis caché. On s'était fait un nique dans le foin pour quand on jouait à montre-moi-la-tienne-je-te-montre-la-mienne avec les filles du rang. Je me suis caché dans le nique pis le bon Dieu avait beau faire de la lumière, y me voyait pas. En tous cas, c'est ce que je pensais. Après ça, quand on a marché au catéchisse, le curé Bouchard a dit que le bon Dieu était partout, qu'y voyait tout, je l'ai pas cru. J'avais pour mon dire que si y aurait tout vu, j'aurais mangé des moyennes taloches par bout.

Quand mon grand-père m'a dit que c'était vrai, j'y ai demandé comment ça se faisait qu'y m'avait jamais poigné sus la tasserie pis y m'a répondu que c'était rapport qu'y est infiniment aimable. Sur le coup, j'ai pensé que si le bon Dieu voyait tout pis qu'y se choquait pas quand j'emmenais les filles du rang dans le nique de la tasserie, ça devait être que lui itou, y aimait ça voir les fesses des petites filles.

Les jeunes pensent que tout le monde se mariait sans savoir la différence entre un gars pis une fille. Y auraient dû voir nos jeux sus les tasseries... C'est vrai qu'y peuvent pas se faire des niques rapport qu'astheure, le foin est tout en bottes. C'est pas si confortable pour jouer aux fesses que dans le foin lousse.

On savait quoi faire avec les filles, en seulement on se cachait. Astheure, les jeunes le font exprès pour te montrer ce que tu faisais, toi. Manière de vengeance, je crois ben. En tous cas, si c'est pas ça, je sais ben pas c'est quoi. Nos mères avaient beau dire qu'on avait été apportés par les sauvages ou qu'on était nés dans une feuille de chou, je dis pas qu'on le croyait pas mais je savais que j'avais quelque chose dans les culottes que les filles que j'emmenais dans mon nique avaient pas.

Les jeunes d'astheure en savent plus que nous-autres, parce que leurs parents se promènent quasiment tout nus dans la maison. Dans le temps au moins, on se cachait devant nos enfants. Moi, y a un de mes frères qui a jamais vu sa femme flambant nue devant lui. Y pouvait pas aller se coucher avant que sa femme soye dans le lit avec les couvertes montées jusqu'au nez. Si elle l'avait pas approuvé, je l'aurais jamais cru. C'est vrai qu'on se couchait pas pour avoir du fun.

Quand on se mariait, le prêtre disait que le bon Dieu avait dit de se multiplier, pis on se multipliait. On était deux, pis les couples se multipliaient à plein. Des tablées de quinze-vingt, c'était pas rare. Astheure, pour moi y savent pas compter parce que le curé a beau dire de se multiplier, ça a un enfant.

Y en a des choses que j'aimerais dire aux jeunes, mais à chaque fois qu'y est question de venir faire un tour, y disent qu'y vont encore écouter le vieux se lamenter. Comme si ça serait tout ce que tu fais en vieillissant. Je sais ben que chus pas amanché pour parler, mais si les jeunes viendraient plus souvent, on aurait moins le goût de se lamenter.

La vieillesse, c'est une maudite maladie, mais tout le monde y passe. Le dos t'arrondit, manquablement la face te rapproche de la terre, où tu vas finir, jusqu'au temps que t'ayes le nez planté dedans. Après ça, un coup que tu t'es caché le nez, les autres te cachent le restant.

Y a une autre maladie qui est presquement aussi pire, pis je me demande si elle est pas pire. Elle a dû être inventée par les démons, rapport que c'est une maladie d'enfer. Ouais, je pense qu'y a rien de pire que l'ennui. Les jeunes peuvent avoir c'te maladie-là itou, mais si y sont pas trop poignés, c'est juste de passage. Pour un vieux, ça se guérit pas.

Un jeune a rien qu'à sortir, mais un vieux peut pas toujours, rapport qu'y en a pas la force. À part de ça, un jeune peut aller danser. Un vieux reste collé sus sa berceuse. Pis c'est pas toujours facile...

La musique a ben changé, itou. Des fois, tu te surprenais à entendre de la musique dans les cloches d'église qui sonnaient l'Angélus. T'arrêtais pour écouter un merle chanter. Astheure, on dirait qu'y reste pus rien que des corneilles parce que le monde s'arrête pus pour écouter les oiseaux. Y voient pus ce qui est beau. On dirait qu'à force de rester dans la brume des villes, y voient pus les pommiers fleurir comme un bouquet géant que le Créateur offrirait à une mariée. Y voient ben manque pus les érables passer du vert au rouge, au jaune, au brun, parce qu'y passent devant sans même s'arrêter.

Y me diront pas qu'à force d'en voir, ça leur dit pus rien, parce que moi, avec mes quatre-vingt huit ans, je trouve encore ça assez beau pour m'arrêter les examiner, pis quand mon dos me fait pas trop mal, ça m'arrive de me pencher, de ramasser une feuille, me la glisser entre les dents avant de filer mon chemin. L'automne, c'est dur pour les rhumatisses, mais ben bon pour les yeux. Même quand t'as de la misère à voir comme moi. Je pense que si le Créateur a fait de quoi de plus beau que l'automne, y l'a gardé pour lui sans en parler à personne.

Quand j'étais sus ma terre, l'automne, je me dépêchais de faire le train pour aller marcher dans l'érablière. Voir les arbres tout en couleurs autour de moi avec des voiliers de trente, trente-cinq outardes partir pour les pays chauds, entendre les derniers rouge-gorges t'avertir qu'y sont itou sus le bord de sacrer leur camp se réchauffer les plumes au soleil, voir les écureux finir leur magasinage, marcher dans un tapis de six pouces d'épais de feuilles mortes. Quand je vois les jeunes lever le nez sus ça, moi ça me revire le coeur.

C'est leur plus grand malheur, y savent pus s'ouvrir les oreilles autrement que pour entendre passer le train ou les pompiers. Y rouvrent les yeux pour voir passer les machines en disant qu'y sont ben fins d'avoir inventé ça. Y aiment mieux s'exiler en ville pis sentir les usines de papier qui puent la charogne.

Y aiment mieux taponner des piastres que de poser la main sus une table faite de main d'homme, ou flatter un arbre. Y sont pressés, y prennent pus le temps de s'arrêter; ça mange des soupes en cannes pis des patates en poudre. Ça goûte pus rien. Après ça, y te demandent ton secret pour avoir vécu si vieux. C'est pourtant pas malaisé à savoir: on prend le temps de vivre.

J'en ai des souvenances collées dans la tête, comme des toiles d'araignées pleines de mouches qui ont laissé leur vie dans ce piège-là. J'en ai qui pourraient faire dresser les cheveux sus la tête de n'importe qui. D'autres qui ont l'air aussi menteries que le bonhomme Sept-Heures, qui sont aussi vraies que le bon Dieu.

J'en aurais à raconter des soirées pis des nuits de temps. Mais je reste tout seul à écouter les rouloirs de ma berceuse, à ruminer mes souvenirs. Y a des fois que je me prends à vouloir quelqu'un à qui parler, avec autant de passion que j'ai désiré des femmes dans mon lit avant de passer l'alliance au doigt d'Emma. En seulement, ça se règle pas de la même manière. J'ai beau espérer de tout mon coeur, j'espère pour rien.

Des fois je me lève le matin, pis j'oublie mon moral entre les draps mais quand j'arrive à la cuisine pis que je vois le bonhomme Dallaire avec sa chaise roulante, je me trouve chanceux.

Lui, Dallaire, y a soixante-quinze ans, y est né ben normal, y avait toute sa tête à lui. Y m'a déjà montré des portraits du temps qu'y avait une quinzaine d'années. Y m'a dit qu'on avait travaillé ensemble une couple d'hivers dans les chantiers avant la grande guerre. C'est peut-être vrai, je m'en rappelle pas. Quand tu travailles avec cinq-six cents hommes, tu leur connais pas tous la couleur des yeux.

Quand la conscription a été votée en '17, les M.P. sont venus le chercher. Moi, j'ai pas eu ce badrage-là, j'étais cultivateur. J'ai enduré la guerre comme tout le monde, mais chus pas allé. Dallaire est parti le jour de sa fête, à 17 ans. Y a vu les vieux pays pis ben des places que je verrai jamais. En seulement, tant qu'à me faire attriquer comme lui, j'aime mieux jamais voir les places qu'y a vues.

Ça faisait trois mois qu'y était dans les vieux pays quand une bombe a sauté à côté de lui. Y a passé quarante ans dans des hôpitaux de l'armée, pis y est poigné dans une chaise roulante. Ça fait proche soixante ans qu'y est collé à sa chaise, qu'y retrouve son intelligence par bout, pis c'est jamais des grands bouts de temps.

L'automne passé, je jasais avec. Y a dit qu'y en avait des pires que lui. Y disait que ceux-là qui étaient morts au front avaient pas pu profiter de leur reste de vie, pis lui, les petits bouts qu'y retrouvait sa raison, y trouvait ça suffisant pour aimer la vie pis la trouver belle.

Ça m'a fait du bien d'entendre ça. Astheure, quand je me ronge les sangs, je pense à Dallaire. J'ai compris que c'est vrai qu'y en a toujours qui sont pires. Je m'en fais pas trop, ça fait juste trois ans que chus poigné avec une canne.

Ça m'a appris que t'as beau être riche comme Crésus, pis protégé du bon Dieu comme Moïse, tu trouves toujours une raison pour te lamenter. Ça m'a montré itou que tu peux toujours apprendre d'un autre, même si t'es pas d'accord avec. Un serin est pas forcé de chanter la même air qu'un merle pour chanter aussi ben.

Avant de chiâler, si le monde, moi le premier, s'arrêtait pour écouter ce que les autres ont à dire, pour les regarder aller, peut-être ben qu'y a des coqs qui chanteraient moins haut dans le levant. Mais on est tout' pareil...

Tiens, encore ces picottements-là au bras. Je me demande c'est que ça peut ben annoncer.

T'as beau essayer de pas te plaindre, c'est pas toujours facile de gruger ton ennui à coeur de jour comme un chien qui gruge son os. Même en regardant le bonhomme Dallaire, en te disant qu'y a pas de chance d'avoir de visite, parce qu'y est vieux garçon. Ça aurait été malaisé pour lui de se trouver une créature, pis même si y en aurait trouvé une, le curé l'aurait pas laissé l'emmener à la sainte table. Rapport à sa folie. Y est resté vieux garçon avec sa pension d'ancien combattant.

Depus treize ans que chus icitte, les seuls que j'ai vus cogner à sa porte, c'est le vicaire, la garde-malade pis le docteur. Y a jamais connu ça, de la visite. Moi j'en ai déjà eue, je sais c'est quoi d'en attendre quand y en vient pas. T'es loin d'avoir envie d'avoir la gueule fendue jusqu'aux oreilles. Ça a plutôt tendance à te tirer les larmes, mais à mon âge t'es pas supposé de pleurer; je me contente de pleurer par en-dedans.

Tant que j'ai pu, je me suis amanché pour avoir le dessus. J'avais beau jeu, j'avais bonne santé; je pouvais voir qui je voulais quand je voulais. Un matin je me suis levé vieux pis malade, poigné pour rester icitte entre les quatre murs de ma prison. Comme chus pus capable d'aller voir les autres, faut que j'attende que ça les tente de venir; je me colle le nez dans la vitre pis j'attends. C'est ça qui est rendu mon univers: ma vitre de chambre, en enfer.

Après-midi, j'aurais aimé ça aller m'asseoir dans le parc, regarder les enfants jouer de l'ours entre les arbres, mais y mouille à boire debout', depus avant-hier. Pas même la sainte paix avec mes rhumatisses, pis y a rien qui me laisse voir une accalmie.

Si je saurais, me semble que j'aimerais ça écrire à quelqu'un aujourd'hui. Donner des nouvelles à quelqu'un que j'aime, ou même tiens, essayer de faire la paix avec quelqu'un qui m'a toujours écoeuré. Me semble que ça serait bon de me voir glisser la pente de la vie pis arriver dans le bas, savoir que j'ai fait la paix avec tout le monde avant de m'éteindre.

Dire que ce qui m'arrive c'est de ma faute. Quand les enfants m'ont envoyé icitte, les premiers temps, y venaient souvent. Y avait presquement pas une journée que j'avais pas de visite. Un moment donné un gars se tanne. C'est ça qui s'est passé. Je leur ai dit que si y m'avaient renfermé avec les vieux quand j'étais dans la fleur de l'âge, c'est qu'y voulaient la paix. Quand tu veux avoir la paix de quelqu'un, tu le laisses en paix toi itou.

Quand je dis que j'étais dans la fleur de l'âge, c'est manière de dire, je tirais sus mes soixante-seize ans. La fleur commençait à être magannée. C'était pus la fleur de l'âge comme l'âge de la fleur. Mais j'étais encore capable de ben des travaux sus la terre.

Je pouvais encore donner la mangeaille aux animaux, ramasser les oeufs, tuer les poules pour le souper, tondre les moutons au printemps quand les reins me faisaient pas trop souffrir pis y m'en faisaient moins endurer dans le temps. C'est un petit brin normal, comme n'importe quelle autre machine, un homme qui sert pas rouille un petit brin. Quand y est comme moi, treize ans sans servir, y est trop rouillé pour servir encore.

Au commencement, je pensais qu'y me ramèneraient, mais j'ai fini par comprendre qu'y me laisseraient pourrir icitte. Je les ai envoyés au diable. Après ça, le temps s'est mis à rallonger, les jours ont commencé à être des semaines pis astheure c'est des mois, des années. Les secondes se comptent en heures pis les années en éternités. Je prends mon mal en impatience, je grogne pis je chiâle après tout chacun, après tout pis rien. Je fais des tempêtes dans des verres d'eau, des montagnes avec un grain de sable pis des affaires de même.

J'ai encore assez de mémoire pour me rappeler. Des souvenances, j'en ai pour les fous pis les fins pis encore. Mais je sais pas le tour de me faire écouter par mes propres enfants, encore ben moins par du monde que je connais pas; ça fait que je garde silence, pis mes souvenances pour moi tout seul.

Je pourrais dire comment ça s'est passé, mais chus pas un raconteux de vie. Pour me donner apparence que ça intéresse quelqu'un, je me la raconte de temps en temps pour pas l'oublier.

DEUXIÈME PARTIE

CHAPITRE — I —

Quand chus venu au monde, le 22 novembre 1887, ça faisait cinquante ans franc que les Canadiens-français avaient gagné contre les Anglais, à St-Denis dans le coin de Montréal. C'est peut-être pour ça que j'ai toujours eu un petit penchant pour ceuses qui étaient patriotes comme l'abbé Groulx.

Quand j'ai fait mon jeunessage avant de me marier, je me demandais pourquoi j'avais pas regimbé quand mon père m'a envoyé rester sus mon grand-père. Je croirais que c'est là que remontent mes souvenances les plus reculées. J'avais eu mes sept ans à l'automne pis j'étais le plus vieux chez-nous. On était déjà cinq enfants. On aurait été neuf dans ce temps-là, mais ma mère avait acheté deux fois des jumeaux qui sont morts en venant au monde.

On était cinq quand j'ai eu mes sept ans, mais ça allait pas arrêter là. Ma mère était une femme solide à plein, qui portait à tous les ans. Dix-neuf fois, qu'elle a acheté. Si y en aurait pas qui sont morts, on aurait été vingt-six en tout. C'est vrai qu'y avait des jumeaux pis des triplets, mais n'empêche que ça aurait quand même fait vingt-six. Y avait pas une année que le sauvage venait pas porter un enfant. En tous les cas, c'est ce que mon père nous disait dans le temps, rapport qu'y avait pas de danger qu'y nous le laisse voir venir. Quand ma mère était pour acheter, elle avertissait mon père. Avec lui, c'était pas long qu'on disparaissait de la carte. Tous les enfants étaient semés aux quatre vents, jusqu'à temps que la place soye vide. Après ça, la sage-femme r'soudait à la maison.

Ma grand-mère était Indienne pis, chez-nous, c'était elle la sage-femme. Comme j'étais le plus vieux, mon père me gardait pour le dessert, au cas que ma mère aurait eu besoin, pis y allait reconduire mes frères pis mes soeurs.

Quand y disait à ma grand-mère qu'y avait la visite des sauvages, j'ai doutance que ça faisait pas son affaire; à bougonnait. Quand elle embarquait dans la charrette, elle y disait que c'était pas les sauvages qui viendraient mais les Indiens. Je me demandais ben c'était quoi la différence. Plus tard j'ai compris; j'allais sus mes dix ans quand elle m'a dit que dire "sauvage" à un Indien c'était de l'insulter.

En parcas j'avais beau partir à la dernière minute, j'ai jamais vu les Indiens arriver. Une fois j'ai passé proche, j'étais assis sus le perron en attendant que mon père arrive pour m'emporter chez mon grand-père, je ouatchais pour voir l'indien, pis j'ai entendu pleurer un bébé dans la maison. J'avais doutance que l'indien avait dû entrer par la vitre de la chambre, rapport que je l'ai pas vu arriver. Ni partir, mon père est arrivé avant.

J'ai compris qu'y avait pas d'Indiens en-dessous de ça quand j'ai été marié. On restait chez nos oncles trois ou quatre jours, je me rappelle pus trop... Moi, à partir de sept ans, je retournais rarement chez-nous. C'est pus chez mon grand-père que j'étais en visite, c'était chez-nous. C'est ben manque tout ce que je sais de mes frères pis de mes soeurs rapport à leur naissance.

Comme ma grand-mère était sage-femme, elle se contentait pas de faire acheter ma mère. Ça venait la chercher de loin pis ben des fois par semaine, été comme hiver. Comment de fois qu'elle a fait acheter des femmes en tout, je me demande même si elle, elle aurait été capable de le dire.

Au printemps de 1895, j'avais sept ans et demi, mon père m'a dit que j'allais pas me coucher en même temps que les autres, qu'y avait affaire à moi. Sur le coup, je me demandais c'est que j'avais fait de mal, parce qu'on se couchait à six heures et demie, à cause du bonhomme Sept-Heures... J'étais pas plus faraud que les autres, j'avais souleur du bonhomme, je savais qu'y mangeait les enfants pis, à sept ans, t'es pas paré à l'affronter.

J'ai cherché ce que j'avais fait de travers. J'ai pas trouvé. Quand les autres ont été couchés, mon père m'a dit que ça coûtait cher pour vivre, pour payer notre mangeaille pis nos hardes; le magasin rapportait pas assez; le lendemain matin mon grand-père devait venir me chercher pour travailler avec lui sus sa terre.

Moi je pensais que ce serait pour une couple de jours ou de quoi de même, mais mon père m'a fait comprendre que ça serait pour un bout de temps. C'est le temps qui m'a appris que je retournerais pus chez-nous pour y rester.

Le lendemain, mon grand-père est venu me chercher avec la wagine, à six heures du matin. Je finissais de déjeuner. On a tout ramassé mes hardes pis on est partis. Je voyais mon grand-père une fois par année, pour deux-trois jours, quand on avait la visite des Indiens. À part de ça, je le voyais au Jour de l'An pour la bénédiction. Comme y avait pas accoutumance de parler quand y faisait le train, ça devait faire son bonheur de voir que je placotais pas plus que ça.

J'ai mis mon bardas dans la chambre que je prenais d'habitude, pis chus sorti avec mon grand-père. Y m'a montré la besogne que j'aurais à faire. Vu que j'étais petit, pour pas que j'attrape un effort, y a commencé par me faire faire des petites ouvrages: ramasser les oeufs, donner la mangeaille aux animaux, laver le pis des vaches, aller chercher l'eau au puits, sumer le jardin avec ma grand-mère pis le grain avec lui. J'avais pas le temps de me promener les pouces dans le nez. Surtout les premiers temps; jusqu'à temps que je poigne le tric. J'étais désossé, fallait que je passe deux fois devant le soleil pour faire de l'ombre. Ma grand-mère a trouvé le moyen de me remplumer pis de me donner des couleurs. Quand chus arrivé là, ça me prenait tout mon petit change pour charrier une chaudière de lait. L'automne après, j'y allais avec une dans chaque main pis ça me bâdrait pas trop.

J'avais de la mangeaille, pour me remplir tant que j'en voulais. Je sais pas c'est que ma grand-mère mettait dedans, mais quand elle se ramassait devant le poêle à bois, j'ai doutance que l'Indienne ressortait. Elle était dépareillée. J'ai vu des couques dans les chantiers qui étaient pas piqués des vers, des verrats de bons; mais j'en ai jamais vu un pour l'accoter.

Elle partait le matin après que la rosée soye levée, avec ses deux canisses de dix livres vides de graisse pis elle allait dans le brûlé chercher des framboises, sus le cran pour les beluets ou ailleurs pour d'autres fruitages. Elle se faisait un cassot d'écorce, pis deux heures et demie trois heures après, elle était revenue avec ses canisses pis son videux ben pleins. Le soir on avait de la tarte fraîche pour dessert. Au sucre, aux beluets, aux atocas, à farlouche, à la mélasse, en veux-tu en v'là!

Toi, t'avais été aux champs toute la journée quand t'avais le vent de ton bord, ça fait que tu vidais les assiettes, ça traînait pas. Quand elle faisait un ragoût, c'était pas du jus de farine routie. C'était épais pis ça te remplissait le ventre. Le soir, mon grand-père m'envoyait me coucher à sept heures et demie, rapport que le bonhomme Sept-Heures passait pas dans le Rang 8. Quand je me couchais, y était pas question de m'amuser. J'avais rien qu'à fermer les yeux pis je m'endormais tout de suite.

Mon grand-père est venu me réveiller le premier matin, à quatre heures. Après ça, à quatre heures moins quart, j'étais réveillé. Je me dépêchais de m'habiller pour aller quérir de l'eau au puits. La première chaudière que je montais, je me la vidais sus la tête. Quand j'arrivais du puits, à toutes les fois, je voyais ressoudre mon grand-père dans le cadre de sa porte de chambre.

On mangeait chacun deux assiettes de gruau avec trois ou quatre toasts que mon grand-père coupait à même le quignon de pain pis y en était pas avare; des tranches épaisses. On mangeait notre pain et demi à nos deux. Après ça, on commençait le train. Comme je prenais de la vitesse, mon grand-père s'amanchait pour que j'aie de l'ouvrage toute la journée. Des fois j'avais le goût de regimber mais y avait pour son dire que sus une terre c'est pas la place pour s'étirer les flancs, pis que les lâches méritent pas de vivre si y sont pas capables de gagner leur sel.

J'ai doutance que c'est une punition du bon Dieu. Dans les vieux pays, y ont eu leurs plaies au temps de Moïse. Nous-autres on a les lâches, mais ça dure depus des années, pis on est pas prêts de s'en débarrasser. J'ai appris à travailler pour gagner mon sel, l'ouvrage c'est pas ça qui manque sus la terre; quand c'est pas dans les champs, c'est dans la maison ou à l'étable, c'est les bâtiments, les animaux, faire boucherie, aller au magasin général hucher ce qui manque, aller chez le forgeron, t'occuper des agrès, pis c'est à part du train de tous les jours.

J'ai appris à travailler pour mes hardes pis mon sel. Le premier matin, j'avais mis mes suyers de boeu'. Dans l'après-midi mon grand-père m'a emmené au magasin général pour m'acheter des bottes, rapport que les suyers c'est pas vargeux pour écurer les vaches. C'est le premier morceau qu'y m'a acheté. Quand y a dit que j'étais son nouvel engagé, je portais pus à terre; y était connu pour être un maître-homme difficile sus ses engagés.

Ça m'a fait chaud au coeur, ça fait que je regardais pas à l'effort. Mon grand-père avait rien qu'à me dire qu'y voulait que je fasse de quoi pis je m'y attelais. La même affaire pour ma grand-mère. Elle, on voyait qu'elle avait pas été élevée pareil à mon grand-père. Ça paraissait qu'elle était Indienne pis que lui était blanc. Y était pas blanc comme moi, mais blanc pareil.

Rien que le fait que c'était elle pis la façon qu'elle le demandait, je faisais tout ce qu'elle voulait. Mon grand-père commandait pis elle demandait. Jamais je me serais fait ronner par quelqu'un d'autre qu'eux-autres ou mon père. Ma grand-mère demandait jamais deux fois la même affaire. Des fois, j'y disais qu'à place de forcer, elle aurait dû me demander. Elle disait qu'elle l'avait fait, mais j'avais pas entendu. Je trouvais qu'elle aurait dû me le redemander. Dans ce temps-là, elle disait "tu sais mon p'tit gars, nous-autres les Indiens, depus que les blancs sont venus en terre d'Amérique, y en a pas gros qui nous ont écoutés. Y nous remarquaient quand ça faisait leur affaire. Quand y pensaient que ça aurait pu faire notre affaire à nous-autres, y se tenaient au large." Un jour, j'y ai répondu que moi itou j'étais un petit brin Indien, rapport à elle.

J'avais dit que, comme ma mère avait du sang indien rapport à ma grand-mère, moi, je devais en avoir rapport à ma mère. Quand j'ai été plus vieux, ma grand-mère me parlait souvent des Indiens. En seulement, à place de le dire de la manière des blancs, avec toutes les menteries, elle me disait la vérité. Des fois, elle disait qu'elle aimait mieux pas parler, rapport qu'elle voulait pas mentir. Quand elle parlait, je pouvais la croire. C'est de même que j'ai appris l'autre bord de la médaille sus ce qui s'est passé entre les Indiens pis les blancs. J'ai vu que les blancs sont pas toujours aussi smattes qu'y le disent. Ah, y sont pas si pires que ça, mais pas si mieux non plus.

Quand ma grand-mère a commencé à me parler de ce que les blancs avaient fait contre eux-autres, j'ai été un grand bout de temps à avoir honte du sang de blanc qui coulait dans moi. Je sais ben que c'est pas de ma faute, mais tu penses pas à ça quand t'as même pas dix ans. T'as d'autres choses à t'occuper que de jongler à des affaires de même.

N'empêche que si ma grand-mère m'aurait pas ouvert les yeux sus les troubles des Indiens, je serais bouché comme les autres blancs. Si y auraient pas été élevés à se faire dire que si les enfants étaient pas tranquilles, la bonne femme appellerait la sauvagesse pour qu'à leur coupe les oreilles, y auraient pas pris les Indiens pour un peuple à écraser.

Chez papa, on avait le bonhomme Sept-Heures, dans le rang de mon grand-père, c'était la sauvagesse. Puis la sauvagesse, c'était ma grand-mère.

J'ai resté avec ma grand-mère jusqu'à temps qu'elle meure pis j'ai appris une affaire: les Indiens sont ben moins sauvages que les blancs. Ma grand-mère disait que les sauvages ont pas de plumes. Elle avait une manière de penser que j'ai jamais vu ailleurs qu'avec les Indiens. Quand à parlait du bois, on voyait qu'à savait de quoi elle parlait. Elle en disait des mots doux, à peu près comme la belle Marie icitte au foyer parle de la mer. J'ai jamais compris pourquoi, rapport que Marie, la mer y a pris son père, deux de ses frères, pis son mari. Mais à dit qu'est pas capable de faire autrement que d'aimer la mer. Apparence que ceuses qui ont toujours resté le long des côtes sont tout' de même.

Ma grand-mère, elle, quand à se mettait à parler du bois, tu t'assisais pis l'envie te poignait de te croiser les mains, rapport qu'elle en parlait, manière de prière. Des fois, t'étais pas capable de te retenir, tu braillais. J'ai vu des curés faire des beaux sermons mais y en avait pas un pour accoter ma grand-mère quand elle parlait du bois.

À chaque fois que je voulais apprendre de quoi de neuf sus les Indiens, leur façon de vivre, de chasser, de pêcher, de se retrouver dans le bois, je demandais à ma grand-mère, elle m'expliquait tout dans les moindres recoins, pis elle faisait pas ses coins ronds. J'ai été chanceux de l'avoir pour apprendre.

En seulement, quand elle se mettait à parler, y avait pas de bardas dans la maison. Même mon grand-père enfourchait une chaise pis y l'écoutait. On entendait le roulis des deux berceuses, pis quand mon grand-père s'assisait dans une berceuse, c'est trois qu'on entendait rouler de même, avec autant de mesure que les vagues qui caressent la côte, comme dirait la belle Marie. Elle en a des mots rapport à la mer, Marie.

Mon grand-père disait que ma grand-mère aurait pu raconter la même affaire pour la centième fois, y se tannait pas de l'écouter. Au commencement, j'écoutais pour pas aller me coucher, mais ça a pas été long que j'y ai pris goût pis je l'écoutais par plaisir. De toute façon, un empêche pas l'autre, pis ma grand-mère finissait rarement ses histoires avant neuf heures, neuf heures et demie. Dans le temps, c'était l'heure pour tout le monde. Les grands comme les petits prenaient le bord de la chambre, parce qu'on se levait tout' de bonne heure.

N'empêche que si j'aurais su écrire, je pense que je me serais mis à table avec une plume, un pot d'encre, des feuilles, pis j'aurais écrit les souvenances de ma grand-mère. J'aurais pas eu besoin de mettre ça beau comme ceuses qui font des livres, elle s'en chargeait elle-même, pis elle avait le tour.

Elle m'a parlé d'affaires comme l'instruction, qu'y avait pas eu d'école pour les Indiens au Québec avant 1844, pis qu'encore en 1885 y avait quinze écoles pour tous les Indiens de la province quand y avait soixante et onze réserves. Elle disait que c'était pour garder les Indiens dans l'ignorance plus longtemps. Moi je voyais pas l'utilité des écoles parce que j'étais blanc pis j'y étais jamais allé. Quand ma grand-mère m'a fait un rapport entre les blancs comme moi qui étaient jamais allés pis ceux qui y étaient allés, j'ai compris que c'était pas normal.

J'ai compris comment c'était important pour les indiens de se tenir les coudes serrés quand ma grand-mère m'a expliqué les lois qu'Ottawa faisait pour faire disparaître les Indiens. Elle qui a jamais fait la plus petite menterie de sa vie, disait que si un indien prend femme chez les blancs, ses enfants sont ce qu'y appellent des métis. Si le métis marie une blanche ses enfants vont être des blancs. Mais si une indienne marie un blanc, ses enfants sont des blancs tout de suite. Y a pas de passage par les métis. Si y ferait la même affaire avec le Québec, ça serait pas ben long que des Canadiens-français en terre d'Amérique, y en aurait pus. Y auraient beau se rouler les manches, pis pas se laisser manger la laine sus le dos, y se feraient laver de sus la mappe pareil.

C'est ça qui est écoeurant avec Ottawa. Entre eux-autres, y se protègent, mais quand c'est le temps de s'occuper des Indiens, des importés ou des Canadiens-français comme moi, y vargent dans le tas. J'ai demandé à ma grand-mère pourquoi faire que les indiens essayaient pas de parler avec Ottawa. Elle m'a dit que depus que les Anglais mènent au pays, c'est de même. Depus 1701, je pense, que les Indiens avaient pas pu parlementer avec les blancs. Après ça y faisaient comme si les indiens existeraient pas.

D'une saison à l'autre, je traçais mon bout de chemin dans la vie. Des fois mon grand-père se choquait après moi; t'as beau travailler sus une terre, c'est pas ça qui fait que t'es pas un enfant. Des fois, l'enfant passe par-dessus le petit homme qu'y a en toi. Mon grand-père était pas capable de comprendre ça. Aurait fallu qu'en arrivant chez-eux, j'aye vingt ans. Partir de chez mon père à sept ans et demi, ben deux heures après, j'avais encore sept ans et demi. Mais ça marchait pas de même avec lui.

Une fois, y s'est choqué noir après moi. Y m'avait poigné en train de tordre le cou d'un chat dans l'étable. J'avais pas vu le chat, je m'en allais avec mes deux chaudières de lait pleines jusqu'aux oreilles, pis le verrat, y vient se fourrer entre mes jambes. Ça faisait cinq-six fois qu'y me faisait ça mais c'te fois-là, les chaudières ont pris le bord. J'ai dit au chat, "toi mon torrieux, t'es pas clair de tes élections". Y a eu la badluck que je le poigne, mais je l'ai attrapé juste par la queue. L'enfant de chienne se r'vire rien que sus une frippe pis y me décroche un coup de patte, comme de raison les griffes toutes sorties.

J'ai dit "mon testament, je te garde un chien de ma chienne pis ça sera le plus beau de la portée à part de ça". Je l'accroche par une patte pis par le cou, je voyais rouge. À deux mains sus le cou, je me mets à tordre. Je sais pas si mon grand-père a entendu le chat ou si c'est les chaudières en r'volant après le mur, mais y a r'soudu en gueulant pour voir c'est qui se passait. Quand mon grand-père commençait à gueuler, tu le savais. Pour s'arrêter, c'était une autre histoire. Les bêtises mouillaient comme j'en avais jamais entendues. Pour moi, y s'était fait une réserve avec toutes les farces que j'avais faites sans qu'y parle. Ça faisait ben quinze-vingt minutes qu'y gueulait sans me laisser le temps de placer mon mot, je savais même pas si c'était à cause du lait ou bedon du chat, mais le vent a tourné, pis raide à part de ça.

"T'es rien qu'un maudit sauvage pis comme tout' les autres sauvages, t'as pas de coeur au ventre". Tout d'un coup, juste comme y disait ça, ma grand-mère r'soud par en arrière de lui pis à t'y lâche un cri. "Quoi? qu'à dit, c'est de même que tu parles de moi dans mon dos; j'en ai pas assez fait pour toi?" Ma grand-mère était blême comme un drap, les poings tendus par en bas, le long du tablier, les nerfs du cou tout' sortis, là ça a été à mon grand-père de se faire passer un savon.

J'aurais jamais pensé que ma grand-mère était si maline quand elle se choquait. C'était la première fois que je la voyais de même. Quand t'as vu ça une fois, tu t'amanches pour pas le revoir. Moi, bel innocent, j'ai jeté du gaz sus le feu, j'y ai dit que ça valait pas la peine d'y arracher les cheveux sus la tête pour ça, rapport que ça ferait même pas un beau scalp parce que mon grand-père était pleumé sus le dessus de la tête comme une fesse. Y avait des cheveux juste sus les côtés pis sus le derrière de la tête. J'ai vu que j'avais dit un mot de trop parce que les deux se sont revirés pis y m'ont apostrophé. Une vraie débâcle. Ça a duré jusqu'à temps que je décide de casser le party.

J'ai ramassé mes chaudières, j'ai fait comme si y auraient jasé ensemble. J'ai retourné au clos à vaches pis j'ai continué à traire. Je m'ai dit que ça se règlerait avec le temps. Le restant de la journée, y en a pas un des trois qui a parlé à l'autre. J'ai pas fait d'histoire le soir venu, j'avais doutance que la place pour me coucher était peut-être pas ma chambre. J'ai pris le bord de la tasserie pis crains pas, personne a cherché à me retenir. J'ai jonglé à ça une partie de la nuit avant de m'endormir. Moi, je voyais pas pourquoi m'excuser ou demander pardon, parce que j'avais dans' tête de recommencer aussi longtemps que le chat aurait pas compris.

Le lendemain quand j'ai rentré avec ma chaudière d'eau, tout avait l'air de s'être effacé avec la nuit. Mon grand-père avait l'air de bonne humeur. Pas assez pour rire, y était pas homme à rire pour rien. Là, y m'a dit qu'y voulait pus jamais me voir faire ça. J'en ai profité pour y expliquer, ça fait qu'y m'a dit que si ça se repassait, y aimait mieux me voir sortir la carabine que de maltraiter un animal. J'ai eu ma leçon, mais crains pas, le chat a eu la sienne itou.

Après ça, ça a commencé à parler de politique dans la maison. Ben, ça parlait de politique... c'est manière de dire, rapport que mon grand-père en parlait. Les femmes avaient pas le droit de vote, pis même si y auraient eu droit, ma grand-mère étant indienne, elle avait pas le droit pareil. Ça fait que mon grand-père parlait d'élections avec tous ceuses-là qui venaient à la maison ou qui croisaient son chemin. Quand y avait le malheur de voir un bleu, y le traitait de pas de génie. Mon grand-père était rouge à Ottawa pis rouge à Québec.

Ça faisait une vache d'escousse qu'y était du bord de l'opposition mais y tenait son bout' pareil. À Ottawa comme à Québec, y était poigné avec les bleus. Y disait que tant que le premier ministre à Ottawa viendrait pas du Québec, on mangerait de la marde. Dans le temps, ça votait tout' pour le même parti dans une famille. Mon grand-père était rouge, mon père était rouge pis moi itou. J'ai voté rouge; j'ai voté rouge à Ottawa tant que j'ai voté. Astheure ça vaut pus la peine avec des chiens sales comme Trudeau. À Québec, j'ai viré bleu en '36, quand on a élu Duplessis.

C'te année-là, on a été gâtés, on a eu trois élections. Ça a commencé par être Tupper qui est rentré à Ottawa, mais y a pas fait long feu. À l'été y a été renversé par Laurier. Mon grand-père était fou braque: c'était la première fois qu'y gagnait à Ottawa. Mais y a encore perdu à Québec. C'est Flynn qui a pris les cordeaux, un conservateur. Mon grand-père était choqué noir. Y traitait le monde de pas de génie. Y disait que mettre un libéral au pouvoir à Ottawa pis un conservateur à Québec, c'était de s'amancher pour avoir de la vache enragée pour rien. Mais va donc dire ça au bonhomme qui vient de remporter ses élections. Le gars y faisait comme mon grand-père, y portait pus à terre.

Les chicanes que ça faisait, c'est des vraies farces, le monde se parlait pus des semaines de temps. Ça se regardait de travers aussitôt que ça savait que l'autre était de l'autre bord. Quand ça se regardait. J'en ai vu changer de trottoir plutôt que de voir quelqu'un d'un autre parti. Ça achetait un char rouge si y étaient libéraux, pis bleu si y étaient conservateurs.

C'est c'te année-là qu'Henri Bourassa a fait son entrée dans la politique. Ça, c'était un monsieur, Henri Bourassa. Dans le comté chez-nous, on le savait pas que c'était un monsieur de même, rapport qu'y était dans le comté de Labelle, mais ça a pas été long qu'y a fait parler de lui autant que Laurier.

Ce que je me rappelle, c'est ce que mon grand-père disait, parce que quand y parlait d'Henri Bourassa, y aurait pas mieux parlé de monseigneur. Quand t'entends parler de quelqu'un à coeur d'année, t'as beau pas le connaître, c'est pas long que tu te fais une idée sus lui. Qu'à soit bonne ou mauvaise, ça dépend de la manière que le monde qui tourne autour de toi t'en parle. Bourassa, j'entendais assez dire de bien rapport à lui, que ça aurait été malaisé de penser à mal. Si y aurait fallu que mon grand-père m'entende dire du mal de cet homme-là, y m'aurait égorgé.

Le monde était à cheval sus les questions de politique comme sus celles-là de religion. Y a pas à dire, dans les affaires d'église, à part le pape, je vois ben pas qui c'est qui aurait pu être plus mordu que les Canadiens-français. La politique, c'était aussi sacré que le pain que tu mettais sus la table. Tu jouais pas avec ça.

En '97, y a eu d'autres élections à Québec pis là mon grand-père y allait fort sus le rôdage pis sus les encouragements à voter rouge. T'aurais dû le voir faire ses sparages quand y ont annoncé que Marchand avait remporté. Marchand, y était libéral. Flynn s'était fait avoir par la grand'porte. C'est ben de valeur pour lui, mais le monde au Québec respecte trop le droit de vote pour voter à tout bout de champ. Un gouvernement qui retournait aux polls l'année d'après son élection, y était sûr d'être lavé à plate couture. J'ai doutance que le père Flynn devait pas être au courant, mais y s'est fait mettre au pas. Fallait pas être un déclencheux d'élections si tu voulais t'accrocher au pouvoir. C'est ce que mon grand-père disait.

C'te année-là, j'ai poigné mes dix ans. C'est à partir de ce temps-là que les années se sont mises à débouler. J'avais beau essayer de m'accrocher à de quoi, je voyais pus le temps passer. À croire qu'y courait. Mais tu découvres ça quand c'est dépassé.

Ça s'est mis à chauffer dans les vieux pays. Mon grand-père disait que ça virerait en guerre. Le monde avait beau faire leur St-Thomas, mon grand-père a prouvé qu'y avait pas un gros nez pour rien. Des affaires de même, y en avait pas deux comme lui dans tout le village pour les sentir venir.

La guerre a pris dans les vieux pays quand je marchais au catéchisse. Le curé avait fait un sermon sus l'amour du prochain, ce dimanche-là. On avait pas le choix de comprendre que la guerre était grave. Y disait de prier pour que ça s'arrête avant qu'y ait trop de morts. Y a pas un soir qu'on disait pas au moins une dizaine d'Ave pour ça.

Un jour, mon grand-père entre dans la maison en coup de vent, rouge comme un coq, y sacrait comme un forçat, les bras en l'air, pis y avait pas moyen de le calmer. C'était pas dans ses habitudes de faire des tempêtes de même. Quand y est venu à bout' de se calmer, y a fini par dire que Laurier avait décidé que le Canada participerait à la Guerre des Boers. Pis là, y a recommencé sa crise. Y fessait dans les murs pis y sacrait comme un démon. Ma grand-mère pis moi, on pensait qu'on serait forcés de le faire enfermer à l'asile.

À mesure que le temps passait, on voyait des noms qu'on connaissait, dans les pages des morts. Apparence qu'y étaient morts au front; tués par les communisses, que le curé disait. Notre voisin dans le rang a perdu deux de ses enfants à c'te guerre-là. Manquablement, quand tu voulais y parler de Sir Wilfrid Laurier, fallut que tu le prennes de bon matin.

Après, les Américains ont sorti les chars. C'est là que tu vois que le monde est pas ben fin quand y ont une roue dans les mains. Ça s'achetait des chars pis parce qu'y allaient plus vite que le monde à pieds, quand y passaient à côté, y pésaient sus le criard pour être sûrs que tu les avais vu passer. Quand y mouillait depus deux-trois jours, que t'avais des flaques d'eau qui prenaient la moitié de la rue, y a pas de danger qu'y auraient slaqué pour pas t'arroser. J'ai doutance qu'y voulaient que tu t'en rappelles. Y sont pas plus intelligents astheure.

En 1910, au mois d'août, j'ai su que ma mère était morte. Ça m'a fait de quoi, mais depus le temps que je restais chez mon grand-père, ma mère me faisait un peu l'effet d'une tante. Je sais que si je dirais ça à quelqu'un, je me ferais traiter de sans-coeur, mais quand t'es rendu à vingt-deux ans, que tu revois ta mère une fois de temps en temps depus l'âge de sept ans, tu peux pas dire que ta mère t'occupe ben gros. C'te journée-là, quand on l'a appris, mon grand-père a pas voulu que je continue ma journée d'homme engagé. Je suis parti chez papa.

Maman est morte un matin, sans même que j'aye entendu dire qu'elle était malade. Ça faisait presquement un an que je l'avais pas vue. Elle est morte en accouchant. Quand chus revenu à la maison une semaine après, ma grand-mère m'a parlé pour m'encourager. J'y ai dit que c'était elle que je voyais comme ma mère, rapport que ça faisait quinze ans au-dessus que je restais là. C'est mon grand-père pis elle qui m'avaient appris tout ce que je savais; je trouvais normal de les considérer comme mes vrais parents. J'ai vu dans ses yeux que ça y faisait plaisir.

Si moi, je les voyais comme si y auraient été mes parents, eux-autres me voyaient pas comme leur petit-fils mais comme leur enfant. Combien de soirées, j'ai pu passer avec eux-autres à jaser de tout pis de rien, je serai pas capable de le dire. Je me suis pas ennuyé avec eux-autres.

Au commencement, j'enviais ceux-là qui allaient à l'école quand moi je restais travailler sus la terre. Astheure, chus ben content d'avoir été à l'école de la vie. Elle est plus dure, mais meilleure itou. Y a ben des affaires que je sais, que ben du monde qui se sont traîné le fond de culottes sus les bancs d'école durant deux ans, comme dans le temps, savent pas.

Les jeunes d'astheure, avec leurs papiers longs comme le bras, se pensent fins mais comment y en a, qui savent que si t'es dans le bois, fatigué, t'as rien qu'à mâcher des aiguilles de sapin? Je serais ben curieux de le savoir.

Quand t'es constipé, c'est ben beau d'avoir des papiers tout enrubanés dans un cadre, mais ça arrange pas ton problème. Moi chus pas allé à l'école du rang, mais je sais que t'as rien qu'à te faire une tisane avec du sureau blanc ou de l'écorce de hêtre pis ça va te débloquer encore mieux que n'importe quelle prescription de n'importe quel docteur.

C'est peut-être vrai qu'à cause de ma grand-mère, chus rien qu'un maudit sauvage, mais j'aime mieux être un maudit sauvage, que d'avoir des oeillères pis être attaché à un bout de papier qui prouve rien qu'une affaire: celui-là à qui y appartient est un ignorant. Moi chus ignorant, je le sais. Ça c'est la même affaire que les fous. Ceuses-là qui savent qu'y le sont, le sont ben moins que ceuses-là qui pensent qu'y le sont pas.

Un moment donné, j'avais adonné un paquet de cultivateurs ensemble, pour se donner un coup de main. Manière de corvée roulante pour les foins, jusqu'à temps que toutes les terres ayent été passées dans le rang. Avec tous nos bras, on pouvait faire jusqu'à deux terres par jour. Ça allait tempête, jusqu'à temps qu'y en arrive un qui dise que j'étais un sauvage, rapport à ma grand-mère. Y disait que, comme les autres sauvages, j'étais vache pis c'était rapport à ça que j'avais patenté c'te corvée-là. Apparence que je faisais ça pour qu'y fassent ma job à ma place.

J'y ai sauté dans le portrait, pis j'y ai frotté les oreilles à mon goût. Crains pas, y a compris que si chus un sauvage, j'étais pas vache pour autant. Me faire dire que j'étais sauvage, j'aimais pas ça, mais me faire traiter de vache en plus, celui qui va me dire ça va manger une viarge de rince. Autrement, y a besoin de courir plus vite qu'Alexis le trotteur.

Un vendredi soir, ma grand-mère me demande pour aller au marché le lendemain. Elle avait proche soixante-quinze ans. Elle y allait pus rien que de temps en temps. Je me suis toujours demandé où qu'elle pouvait ben trouver ses forces. C'est vrai que mon grand-père pis moi, on prenait du thé, pis elle était aux tisanes. Elle avait doutance sus les herbes qu'à connaissait pas. Le thé, c'est des plantes qui viennent des vieux pays, elle se fiait pas à ça.

Le lendemain matin, chus parti pour le marché public après l'ordinaire. On vendait pas tout ce qu'on mangeait, parce que les blancs c'est gueule fine à côté des Indiens. Nous-autres, ce que ma grand-mère mangeait, on le mangeait itou. De la loutre pis du putois, ça nous faisait pas peur. De l'écureuil non plus.

J'ai louché du bord de l'étal, en face de moi. Y avait une belle créature, pis avenante à plein. Bonnes manières, des yeux à te faire rêver de l'emmener sus la tasserie, comme quand j'étais flot. Je me suis offert à la reconduire, pis j'y ai demandé pour aller veiller chez-eux, un de ces quatre soirs.

Le samedi d'après, chus allé veiller chez-eux. Finalement, on s'est promis, aux premiers jours du printemps 1912, de se donner un à l'autre à la St-Jean de la même année. Ça a fait rire mon grand-père, rapport que je marchais sus mes vingt-cinq ans, pis y disait que je resterais vieux garçon.

Au mitan d'avril, je vas veiller, pis mon beau-père arrive avec une nouvelle à dresser les cheveux sus la tête. Mon grand-père en avait parlé un peu le matin, mais on le croyait pas, ma grand-mère pis moi. Y était arrivé pâmé du village en disant qu'un bateau flambant neuf avait coulé en mer durant la nuit', après avoir fessé un bloc de glace.

Fallait pas trop l'ostiner parce qu'en vieillissant, y était de plus en plus malavenant pis fallait le prendre avec des pinces. En seulement, y était mon grand-père pis même si des fois je le trouvais achalant, j'essayais de pas y faire voir. Quand y me fatiguait trop, je levais le flye. Mon grand-père s'est toujours montré indépendant de mes services. Sur le tard, y était rendu qu'y avait de la misère à se traîner pis si j'y laissais voir qu'y m'achalait, y me regardait dans les yeux pis y disait "y a rien qui te retient, t'es pas forcé de rester, si t'as la bougeotte, t'as rien qu'à plier paqueton, chus capable de me tirer d'affaire tout seul, chus pas mort".

En parcas on a fait, ma grand-mère pis moi, comme si c'était vrai, son affaire de bateau. Toujours que ce soir-là, monsieur Boudreault m'a toisé dans le cadre de la porte en demandant si je savais la nouvelle. J'ai pas pensé à ça sus le coup. Y me dit "t'as pas su que le Titanic avait coulé à pic la nuit passée?" J'ai dit oui pis non, rapport que je savais pas que c'était le Titanic.

Ça m'avait surpris parce qu'y l'attendaient depus ben des années, ce bateau-là. Y avaient dit qu'y avait pas une glace pour l'empêcher d'avancer. Y se vantaient de pouvoir inventer n'importe quoi, pis à les entendre, y étaient mieux que tout le monde, y avaient rien qu'à payer pour. Là mon beau-père m'a dit qu'à la place de rire, j'étais mieux de prier pour les morts.

Apparence qu'y avait un petit peu plus de quinze cents morts, si je me rappelle ben. Ce que je comprenais pas, c'est qu'y avaient toujours dit que ce bateau-là pouvait pas se briser sus une glace, pis à son premier voyage, c'est ce qui y arrive. J'ai doutance qu'y avaient trop confiance dans leur invention. C'est de valeur qu'y aye tant de morts qui payent pour des innocenteries de même.

Un moment donné, la soirée a viré à la politique pis le père Boudreault y était rouge, comme moi, mais lui non plus y était pas d'accord avec l'idée du gouvernement d'Ottawa. On avait perdu notre homme rapport que Laurier avait parlé de faire participer le Canada à la marine de l'Angleterre en 1910. Les Anglais étaient d'accord pour donner de l'argent pis les Français voulaient rien savoir de participer d'une manière ou d'une autre.

Bourassa était pus là non plus, rapport qu'y avait ouvert un journal à Montréal. Y s'est chicané avec Laurier, pis y est parti en claquant la porte du parlement. C'est que tu veux avoir d'un Anglais quand tu parles français? Si on aurait eu quelqu'un comme Duplessis à Québec pour y faire face, on aurait pu s'en sortir, mais on avait Lomer Gouin, une poule mouillée. On avait jamais été plus mal poigné que ça avant. On l'a été autant après, on a eu Taschereau pis là, c'est Bourassa.

Juste avant de partir de la veillée, j'ai dit à Emma que le lendemain à la barre du jour, je partais pour la drave. Ça c'était immanquable, fallait tout le temps qu'elle me demande si j'avais ben mon scapulaire cousu sus mon linge de corps. Pis là, elle me faisait promettre de pas prendre de risques, rapport que je savais pas nager. Ça c'est de quoi que j'ai remarqué dans le temps que j'ai fait la drave, les meilleurs draveurs c'est ceux-là qui savent pas nager. C'est normal, quand tu sais pas nager, tu prends pas de chance.

Ça faisait déjà quelques années que j'allais à la drave, pis à tous les ans, ma grand-mère me faisait ses recommandations avant de partir, pis elle me donnait du sirop au cas que je poignerais la grippe. À tous les ans, y en avait qui revenaient malades assez qu'y prenaient le bord de l'hôpital pour six mois. Les moins chanceux y laissaient leur peau. Y en avait au moins un à tous les deux ou trois ans sus les rivières où je dravais.

Les créatures manquaient pas de nous faire des remontrances avant de partir. Mon grand-père lui, y faisait du chien sus le tard l'hiver, pis quand je partais, y disait qu'on entamerait la cruche quand je reviendrais.

La première fois que j'ai pris le bord du bois, mon père m'a surpris. Ça faisait proche un an que je l'avais pas vu; un bon matin, y arrive à la maison à six heures moins quart. Y était venu me porter un cadeau. J'avais douze ans fait. Mon père me dit de sortir avec lui, y m'emmène à la wagine pis là, y me dit que durant l'hiver, y a pas grand ouvrage sus la terre pis pour aider mon grand-père à arriver, fallait que j'aille bûcher. C'est la première fois que j'ai vu une cognée. Mon père m'a dit de demander conseil à mon grand-père pour le bois, rapport que mon grand-père avait bûché ben des années, pis y connaissait les trucs.

J'étais chanceux de travailler depus des années sus la terre, parce que j'en voyais arriver sus le chantier qui s'effiellaient ou qui attrappaient des efforts la première journée. Y avaient à peine mis leur paqueton à terre qu'y étaient parés à reprendre le bord d'en bas. J'ai trouvé ça rough, mais dans le temps, c'était pas comme astheure. Au printemps, tu remontais après que les rivières avaient calé. Quand y avait mouillé en masse, t'en arrachais sus la glace parce qu'y fallait que tu ramasses tout sus le bord de la rivière. Si t'avais la badluck d'en laisser pis que le foreman se poigne après en allant à la pêche, tu passais au cash.

C'te printemps-là, l'année du Titanic, les rivières avaient cassé tard, ça fait qu'y avait pas trop d'eau; trois semaines après, on était rendu en bas. De la misère à plein parce que quand ça décide de jammer sus un arpent de long, t'as besoin de dynamite pis de pas être peureux, parce que c'est pas facile. Tu passes ton temps mouillé mais c'est le fun.

En tous les cas, quand on est redescendu, on s'est mis aux labours. C'était de même tous les ans, t'avais pas le temps de t'ennuyer. Plus la drave commençait de bonne heure plus qu'elle était longue. Comment j'en ai vu se noyer, je pourrais pas dire; y a des fois qu'y en avait pas mais y avait des années qu'y en avait trois ou quatre. Y a même une année qu'y en a eu huit sus notre chantier. Quand y en avait un qui se noyait, t'arrivais en bas avec le corps, pis t'aurais presquement voulu t'être noyé à la place de ton chum. Ça faisait pitié à voir. T'as beau dire que tu te durcis le coeur, d'une fois à l'autre j'ai jamais pu m'y faire, pis c'est pas que j'en ai pas vus assez. A moins que j'en aie trop vus. Ça doit être comme le reste, rendu au bout' faut que ça revire. Quand tu redescendais, que tout le monde était vivant, t'étais assez content, c'est pas disable.

Quand t'arrivais la falle à terre, tout le monde se demandait qui c'est qui était revenu sus le lit. Les créatures s'en venaient au-devant pour savoir qui c'est qui avait laissé sa vie au fond de la rivière. C'était dur sans bon sens. Quand ça s'était ben passé, on était les premiers à être fiers. Manquablement, t'as beau pas aller là pour te faire du fun, à force de travailler ensemble, le coeur finit par t'attendrir pis tu marches un petit brin comme une famille. Travaille ensemble, mange à la même table, couche dans la même chambre, fume dans le même tabac, joue aux cartes ensemble le soir après ton ouvrage, tu finis par être chums.

Quand y en avait un qui se noyait, on était des nuit' de temps à pas pouvoir dormir, à revoir comment ça c'était passé, pis y a des fois que tu voyais ben en verrat. Tu te demandais comment que ça se faisait que c'est pas toi qui y avais laissé ta peau. Ça avait ça de bon que ça t'apprenait que tant que ton tour est pas arrivé, tu redescends à la fin de la drave sus tes deux jambes. Quand c'est ton tour, t'as beau faire des mains pis des pieds, tu y restes pareil.

C'te année-là, ça avait ben été, pas de mort, pas de consomption, pas de blessé grave, pas de perte de temps. On a fait les labours, après, ça a été au tour des semailles. Je sais pas si c'est à cause des noces qui s'en venaient, mais ça allait bon train. Un après-midi du mois de mai, chus allé voir mon père pour y demander pour être mon témoin. Là, ça s'est mis à rouler dans la maison. Ma grand-mère couquait comme dans le temps des fêtes: des beignes, des tourtières, des pâtés à la viande, la dinde, le cochon de lait, du rat d'eau, ça dérougissait pas. On a fait les invitations dans le village, dans c'tui-là d'Emma, pis j'ai demandé à ma grand-mère d'en faire du côté de sa famille, rapport que je voulais avoir des indiens à mes noces.

Elle était rendue proche quatre-vingts ans pis elle allait encore comme si de rien n'était, à peu près comme si elle aurait eu quarante ans. J'ai fait de la peine à mon grand-père en choisissant de vivre ailleurs, après le mariage, mais j'avais pas le choix. Je voulais pas faire de chicane entre grand-maman pis Emma. C'est pas qu'elles s'entendaient pas. J'ai rarement vu deux créatures si ben s'adonner. On aurait presquement dit que c'était mère et fille. Elles étaient toujours ensemble: à crocheter, tricoter ou faire du tapis de porte; sauf pour la mangeaille. Je voulais qu'y restent amies ensemble. Pis la seule façon que ça dure, c'était de pas les mettre ensemble devant le fourneau. Emma avait beau être ouverte, quand venait le temps de la mangeaille, elle voulait y mettre du poivre ou des affaires de même, mais ma grand-mère voulait rien savoir.

"Je connais pas ça, j'en mets pas". Ça, c'était sa manière de faire. Emma c'était tout le contraire. Y avait rien pour l'arrêter ou pour y faire plisser le nez. Je me rappelle la première fois qu'elle a mangé du rat d'eau. Elle demande à ma grand-mère c'est qu'y avait pour souper. Moi, je pensais que quand elle le saurait, elle tomberait dans les pommes. Ben, c'est moi qui a attrapé l'air bête. Elle a dit "ça doit être bon!" Un peu plus, je tombais en bas de ma chaise.

CHAPITRE — II —

Même si j'avais demandé à ma grand-mère d'inviter sa famille, y sont pas venus. Ma grand-mère m'a dit que c'était rapport que les indiens vont pas aux fêtes des blancs. Apparence qu'y étaient contents d'être invités mais y savaient pas si y seraient acceptés par les noceux, y voulaient pas prendre de chance. Notre voyage de noces, ça a été de nous rendre chez-nous, un mois après le mariage. Le temps de trouver un terrain pas loin de l'eau, rapport que je voulais continuer de trapper. J'ai trouvé, mais c'était pas à la porte: au Lac St-Jean. Un petit village qui s'appelle St-Méthode. Y avait des Montagnais pas loin, pis quand je pouvais, j'allais les voir.

En '14, je travaillais pour les frères Price dans les chantiers. En redescendant au village, après l'hiver, Emma m'a dit que mon grand-père était mort le lendemain de la fête des Rois. C'est mon père qui y avait annoncé ça dans une lettre. J'ai été une semaine sans être capable de fermer l'oeil. Emma m'a demandé d'aller chercher ma grand-mère.

Crains pas que je me suis pas ostiné. Le lendemain, j'ai demandé à un ami indien de venir passer quelques jours à la maison, pis de faire l'ordinaire durant que je serais parti. Chus embarqué sus la wagine, pis je me sus enligné de l'autre bord de Québec. Ma grand-mère voulait pas partir, mais j'ai pris ses agrès, j'ai mis ça dans des boîtes, embarque la grand-mère pis falling par le nord, on retourne au Lac St-Jean.

Encore chanceux qu'elle soye indienne pis qu'elle aye pas peur de passer une nuit à la belle étoile, parce que j'avais pas d'argent plus qu'y faut. Y était pas question qu'on crèche à tous les soirs à l'hôtel.

Elle connaissait le bout de La Tuque, mais pas celui-là de Charlevoix. En disant qu'elle aurait ben manque pas la chance de repasser par-là, elle a choisi Charlevoix. Ça faisait mon affaire, les villages sont moins éloignés les uns des autres. Je veux ben croire que c'était une indienne, ça empêche pas qu'elle avait soixante dix-huit ans.

On a couché une nuit' à la belle étoile, pis encore, c'est manière de dire, on a couché dans une étable. Tout le long de la route, je me faisais traiter de pas de coeur de promener une femme de cet âge-là, en plein hiver, dans le bois. Ma grand-mère, elle, elle partait à rire. La première fois, j'en ai pas trop fait de cas, mais à force de l'entendre, je commençais à me ronger les sangs. Le voyage a pris quatre jours.

Quand on est arrivés à la maison, c'était fête; le chien s'est mis à japper, on a vu Emma sortir avec Gertrude dans les bras. Engrossée de Charles à son sixième mois, ma pauvre Emma était belle à voir dans l'encoignure de la porte.

Ça mettait de la vie dans la maison. Y avait pas de semaine qu'y avait pas d'indiens pour venir jaser avec ma vieille grand-mère, savoir comment qu'elle avait trouvé ça, vivre soixante ans avec un blanc. Elle essayait de parer les coups, mais c'était pas facile. Sauf qu'elle avait de la mémoire pis les idées primes. Y avaient beau essayer d'y tirer les vers du nez, elle itou était indienne; elle disait ce qu'elle voulait! ...c'était pas nécessairement ce que les autres voulaient entendre.

Chus parti pour la drave après que mes deux femmes m'aient tricoté des bas de laine, qu'elles aient repassé mon linge de corps pour être certaines que j'avais pas de trous dessus, s'assurer que j'avais ben un scapulaire de cousu après. "Mes deux femmes"... Quand j'étais dans le bois pis que je parlais de mes deux femmes, y en a, je te garantis qu'y avaient pas besoin de parler, leurs yeux s'en chargeaient.

Depus que mon grand-père était mort, ma grand-mère se prenait souvent à ressortir ses manières d'indienne. Une fois, elle avait cousu sus mes culottes, un petit sac de cuir avec des affaires dedans. J'ai essayé de l'ouvrir devant elle. Elle m'a dit que c'était pas possible sans le briser, pis c'était un porte-bonheur. Si je le brisais, ça serait devenu comme si je me serais fait jeter un sort, qu'elle disait. J'ai laissé le sac en paix sus mes culottes.

Je sais pas si c'est ça mais, un moment donné, j'ai prêté mes culottes à Marcel Tremblay, rapport que les siennes étaient mouillées pis y était en train de virer consomption. Comme j'en avais deux paires, j'y en ai passé une. Tremblay, c'était un jeune qui faisait sa première drave, pis y avait pas une journée qu'y tombait pas à l'eau au moins dix ou douze fois. Les jeunes pensent que t'embarques sus une pitoune pis tout' suite, t'es comme un écureux. Faut pas rêver, tu viens pas au monde avec un pic à drave dans les mains. Ça prend des années pour devenir un maître-draveur pis y en a qui vivent pas assez vieux pour ça. Y ont pas le pied assez sûr pour dompter la pitoune.

Tremblay lui, c'était la pitoune qui était partie pour le dompter, rapport qu'y était pas capable de sauter d'une à l'autre. Quand y venait pour changer de pitoune, le pied y manquait pis y se ramassait le cul à l'eau. Un moment donné, en tombant, la tête y a fessé sus une pitoune. Y a perdu connaissance, le nez dans l'eau. Avec le courant, y aurait dû descendre la rivière sus à peu près un mille de long, pis y avait pas une chance de s'en sortir. C'est qu'y est arrivé, personne le saura jamais, mais y a pas fait un arpent dans l'eau. Y a été quitte pour avaler une bonne tasse d'eau pis chiquer un brin de peur. Finalement, le reste de la drave s'est ben passé. On est tout' redescendu sus nos jambes pis on était ben contents.

Quand chus arrivé à la maison, j'ai conté ça à ma grand-mère, pis elle m'a dit que c'était rapport au sac. Encore astheure, quand je repense à ça, je me demande c'est que ça aurait fait si y aurait pas eu le sac.

En parcas, c'est pas c'te année-là que ma défunte grand-mère a pu se reposer. Au commencement de mai, Emma a acheté de Charles. Ça faisait drôle, parce qu'avant que grand-maman s'en vienne à la maison, Emma voulait pas se laisser toucher par des femmes qu'à connaissait pas. Je me rappellerai toujours quelle crise qu'elle m'avait fait' quand Gertrude est venue au monde; elle disait que la sage-femme qui l'accoucherait, c'était celle-là qui l'avait mise au monde.

Ma grand-mère m'a dit que la terre à grand-papa me revenait, mais j'étais pas intéressé d'aller passer le reste de ma vie sus une terre de misère, comme disait mon grand-père du temps de son vivant. Je me rappelle pus trop comment elle m'avait sorti ça.

Le même soir, le chef de Pointe-Bleue est venu me demander si j'acceptais qu'y vienne faire le Makushan sus ma terre. Je savais pas c'était quoi un Makushan. Y m'a expliqué qu'à chaque année, durant l'été, les Montagnais se rassemblaient sus le bord du Lac St-Jean pour faire des échanges entre eux-autres. Ça durait tout le temps de la lune croissante. Apparence que c'était pour s'unir, essayer de rester forts pis unis pour pas se faire sortir de leur pays par l'homme blanc.

C'était une année de vache maigre, pis j'avais pas goût de voir toute la réserve dans ma laiterie. J'avais deux enfants, deux femmes, pis presquement tous les jours, j'avais quelqu'un à souper. Ça faisait pas deux ans que je restais là pis ma terre était dure à faire rendre. Le chef m'a dit de pas m'en faire avec la mangeaille, rapport qu'y voulait rien savoir de la mienne. Y a dit qu'y mangeaient rien que ce que les indiens sont habitués à manger: du castor, du rat d'eau, de la truite, de l'ours, de la loutre, du putois pis des affaires de même.

Y m'avait donné deux jours pour y penser. Ma grand-mère m'a dit que c'était bon signe, apparence que d'habitude, y fêtent sus des terres indiennes. En plus, j'aurais le droit d'être là pour tout ce qu'y organiseraient, comme si j'aurais moi-même été un indien. Par idée de renforcer l'amitié, qu'y avait entre eux-autres pis moi, j'ai finalement accepté.

Des chums t'en as en masse, mais des amis, t'en as jamais de trop. Je sais ben que des indiens, tu fais pas des chums avec ça. Tu fais des amis, mais pas des chums. Eux-autres, c'est qu'y bâtissent, faut que ça soye solide.

C'était toute beauté de les voir entrer sus la terre, checkés sus leur trente-six avec leurs hardes des grandes fêtes. En voyant arriver le chef, j'ai dit que si y avaient besoin de quelque chose, y auraient rien qu'à le prendre pis me le dire pour pas que je le cherche. J'ai pour mon dire que si t'es prêt à partager ce que t'as, t'es prêt à enrichir ton peuple, autrement dit, ta descendance. Le curé Racine lui, y disait "On est pas riche de ce qu'on a, on est riche de ce qu'on donne"; de ce côté-là, tant que je pouvais m'enrichir, je le faisais. Me semble donc que tu te sens ben quand tu mets une assiette de plus à la table, ou que t'ouvres la laiterie à du monde qui sont pas tes enfants. Moi, en tout cas, je me sentais ben quand je réussissais à le faire pis je m'arrangeais pour pas me priver.

Des fois ça t'adonne pas mais, comme disait Emma, quand y en a pour cinq assiettes, y en a pour six. Une ou deux patates de plus, une bonne tranche de steak, une pelletée de salade aux cailles, avec du pain, c'est pas ça qui t'appauvrit. De ce côté-là j'ai été chanceux avec mes femmes. Le bon Dieu m'a béni, rapport que le pain des noces a duré tant que je les ai eues avec moi.

Quand y ont plié paqueton, le chef m'a dit de me fier sus lui pis ses frères si j'avais besoin d'aide. Y m'a laissé de la bannique, de la viande salée pis de la ouananiche boucanée, assez pour mes réserves de l'année. Ma vieille grand-mère était contente; tout le temps qu'y ont été chez-nous, tous les jours, elle allait faire un tour au bout de la terre, voir si y manquaient de rien, pis en même temps, se remettre dans les traditions indiennes. Moi de mon bord, j'avais pas impression de les avoir dans les parages. Un indien c'est fin pour ça; le monde pense que si tu laisses à un indien le droit de faire de quoi, y va t'embarquer sus la tête. Mais ça c'est des peurs; j'en ai connu assez pour savoir qu'y est pas toujours prêt à t'embarquer sus la tête pour te voler ce qui est à toi comme ben des blancs que je connais. Avec un indien, son butin est à lui, mais le tien est à toi.

A l'automne, quand chus retourné dans le bois, ça commençait à chauffer dans les vieux pays. Apparence que ça commençait à se frotter les oreilles. Emma achetait le Progrès du Saguenay des fois, parce qu'elle savait lire. Elle avait pas la gazette à toutes les semaines; des fois on en voyait pas la couleur des mois de temps, mais y en parlaient là-dedans.

Je me bâdrais pas avec ça. La guerre, moi, j'avais pas d'affaire à ça. C'est pas moi qui allais m'en mêler. J'aimais mon sort, parce qu'un habitant a d'autres chats à fouetter que d'aller se battre dans les vieux pays. Du sang de ma famille à fournir? Charles avait pas encore cinq mois...

N'empêche que ça occupait nos veillées, ces histoires de bataille-là. Presquement à tous les soirs, y en avait qui se sauvaient en dehors du campe, y priaient pour pas que ça vienne au pays. On en avait un, Raoul Girard, qui disait que ça y faisait pas peur. Mais à tous les soirs qu'y avait la chance, y se faufilait dehors en disant qu'y allait pisser. Un soir, le foreman est arrivé pis y a vu Girard, à genoux dans la neige, la face acccotée de contre une épinette noire. Crains pas qu'on a ri de lui quand y est rentré au campe. En seulement, dans le fond de nous-autres, y en avait pas un qui riait pour de vrai, rapport qu'on faisait tout' pareil, pis on le savait à part de ça. On faisait des farces devant les autres, mais en dedans on riait jaune.

On avait beau jouer aux cartes ou aux dames, on se rongeait les sangs pareil. Y avaient beau donner des nouvelles dans les gazettes, en haut dans les chantiers, on les avait pas, ça fait qu'on savait pas c'est qui se passait.

Quand on est redescendus à la fin janvier, on avait hâte de savoir si c'était fini ou si c'était pire. Y en a pas un verrat qui filait pour faire un détour par le grill. Pourtant y en avait à tous les ans qui descendaient pis qui rentraient au grill, qui buvaient leur hiver avant de sortir de là. Moi, si j'en voulais, j'avais assez vu mon grand-père faire du chien que je savais comment faire ça. Pis de voir Emma dans la porte, encore engrossée, je te dis qu'avant de prendre le bord de l'hôtel, ça en aurait prit toute une. L'année s'est passée sans trop de mal.

On se tirait d'affaire mais crains pas, c'était pas la même chanson dans les vieux pays. Ça brassait. T'avais beau faire des neuvaines, des quarante heures d'adoration, des chemins de croix, t'arrêter à tout bout de champ comme Emma pour dire un chapelet, le yable y s'arrête pas de même. Même que ça rempirait.

Le curé de la paroisse demandait de prier aussi souvent qu'on pouvait. C'est pas compliqué, on avait toujours un Avé entre les dents pis quand c'était pas un Avé, c'était un Pater ou bedon un Credo. C'était rendu qu'on priait quasiment en dormant. Le bon Dieu est le maître sus la terre, faut croire qu'y était en vacances, parce qu'y maîtrisait pas le monde dans les vieux pays.

Les gazettes parlaient pus rien que de ça, comme si y se serait pas passé d'autre chose que la guerre sus la terre. Jamais de nouvelles qui avaient de l'allure. On aurait presquement dit qu'avant que la terre tourne un quart de tour, fallait absolument qu'y ait un paquet de coups de feu qui soient tirés.

Quand j'en avais ma claque, je prenais le bord du bois pis je revenais trois-quatre jours après. Manquablement, quand j'arrivais à la maison, fallit que je fasse rapport; Emma me demandait des comptes. Je crois ben qu'elle était jalouse un petit brin sus les bords. Je me demande ben pourquoi faire, ça m'est jamais arrivé, dans ma vie, de découcher pour aller en voir une autre. J'ai trop aimé les deux créatures que j'ai mariées pour les tricher. Je veux ben croire que je passais pas une semaine sans faire de farces là-dessus, mais entre passer à l'action pis en parler, y a une chienne de clôture que j'ai jamais traversée.

Encore une fois, le temps de la drave est revenu, pis quand on est redescendu, y en manquait deux. Marcel Alain pis Ti-Georges Thériault. Alain lui, y était jeune pis encore garçon c'était pas trop pire. C'est vrai qu'y avait promis des noces en redescendant mais c'était pas encore fait. Thériault lui, y avait dans la trentaine pis y avait neuf enfants. Quand on a apporté le corps, sa femme est venue nous recevoir à la porte avec un petit dans le ventre. J'avais des mottons dans la gorge pis je crois que si j'aurais pas été orgueilleux, j'aurais braillé comme un veau. Crains pas que j'ai pas traîné dans la maison.

Chus retourné chez nous. Emma m'attendait encore avec un autre dans les bras. Ça se passait de même à tous les ans. Fin avril, mai, des fois ça retardait; j'en ai quelques-uns en septembre, octobre pis novembre. C'te fois-là, elle était ben contente, rapport que c'est Anne-Marie qui est venue au monde.

Ma grand-mère se plaignait pas du sort qu'on y faisait. A disait que d'avoir des enfants autour d'elle, elle trouvait que ça mettait de la vie dans la nichée. C'est de même qu'elle appelait la maison chez-nous. Elle avait des manières de dire des fois, c'est ben simple, j'avais de la misère à pas rire.

Emma, elle, disait que j'étais mal amanché pour parler de ma grand-mère. Apparence que j'ai des manières de dire qui sont pas piquées des vers. En parcas, j'ai doutance de savoir de quelle place que ça peut venir. Si c'est pas ma grand-mère, c'est les autres bûcheux dans les chantiers qui m'ont montré ça. Faut dire qu'y avait pas toujours rien que des Canadiens-français dans les chantiers. Ben souvent y avait des importés. Y avait des Anglais de l'Ontario pis du Nouveau-Brunswick qui étaient tout' des foreman, pis pour nous-autres, y étaient des importés la même affaire que ceux-là qui venaient des vieux pays.

Toujours que c'te automne-là, on a repris le bord des chantiers avec nos paquetons pis on était contents, rapport que la compagnie trouvait que faire du bois de coupe c'était plus important que se battre dans les vieux pays pour une raison qu'on voulait rien savoir. Tout l'été on avait entendu parler rien que de ça pis ça commençait à me tomber sus les rognons. Quand la compagnie m'a appelé, je me suis pas fait prier; embarque le paqueton sus l'épaule pis chenaille par en haut. C'est pas moi qui allais traîner de la patte. C'est cet hiver-là que les gars au chantier ont couru la chasse-galerie.

En tous les cas, y ont dit qu'y l'avaient courue. Y en a qui étaient blêmes au matin, quand la cloche a sonné le réveil. T'aurais dû voir ça. Moi de mon bord, j'ai jamais pu croire ça. Pour moi c'est des racontages pour faire peur au monde; la même affaire que le bonhomme Sept-Heures. C'est tout' des folleries.

On a fini par se moquer d'eux-autres. On leur a demandé si la guerre était finie dans les vieux pays. Crains pas qu'y ont attrapé l'air bête. La face leur a rallongé tout d'un coup.

En arrivant en bas, la guerre était ben loin d'être finie. Ça brassait encore plus, pis les femmes avaient une peur bleue de voir leurs plus vieux appelés sous les drapeaux pour se battre pour le roi. Y était pas question pour les miens de la faire, je me bâdrais pas. Moi, j'étais habitant pis les habitants font pas la guerre. Je crois que c'est la première fois que je me suis inquiété pour mes frères. J'avais pas eu de nouvelles d'eux-autres, depus qu'on avait nocé, ça veut dire en 1912. On était rendu en 1916 rapport que c'est l'année de la Loi 17, en Ontario.

Y ont brassé de la marde avec c'te loi-là, les Anglais. Y ont décidé, du jour au lendemain, que t'avais pus le droit d'apprendre le français dans les écoles. Rien que pour l'Ontario, mais crains pas que le gouvernement à Québec pis le monde s'en ont mêlé. Si les jeunes auraient vu ça, y seraient pas si fiers de leur bill 22. Le gouvernement voulait pus que le français soit montré dans les écoles, ça fait qu'y a sorti la Loi 17. Avec c'te loi-là, si une maîtresse décidait qu'elle voulait continuer à montrer le français aux enfants, le gouvernement pouvait aussi ben la renfermer en prison sans avertir. J'ai jamais vu une loi tant faire de bardas. Ça priait pis ça gueulait d'un bout à l'autre du Canada. Y avait pas un soir qu'on disait pas notre chapelet à Sainte-Jeanne-d'Arc pour les écoles françaises de l'Ontario. Rapport que c'est elle qui est la patronne des Français là-bas. Les Irlandais, c'est St-Patrick, au Québec c'est St-Jean-Baptiste, chacun a le sien; de même y a pas de chicane pis tout le monde est content.

Ça priait, c'était pas des farces on achevait d'user nos grains de chapelets. On disait l'Angelus pour c'te cause-là, on disait une dizaine de chapelet à tout bout de champ pour ça, quand c'était pas le chapelet au complet. Ça a pas d'allure les heures que tu donnais à la prière. Tu t'envoyais un coup de marteau sus le pouce pis à la place de sacrer, tu donnais tes souffrances pour la cause des écoles françaises. Pis ça faisait mal en batince! Les créatures du village passaient leur journée à prier en faisant le train. On allait à la messe à tous les jours, toujours pour la même raison.

Un moment donné, je rentre dans la maison pis je vois Emma dans le coin de la cuisine à genoux sus des roches. Je sais ben que les jeunes diraient que je charrie, mais c'est la vérité vraie. Elle priait. Ça m'avait assez reviré que je me rappelle encore sa prière. Ça allait à peu près de même:

O Christ,

Vous qui, par le bras d'une humble vierge, avez jadis sauvé la France, inclinez vers nous, la grande miséricorde de votre Sacré-Coeur. Nous vous en prions, par le mérite et l'intercession de la Bienheureuse Jeanne d'Arc que nous choisissons comme patronne, protégez nos institutions, notre langue et notre foi.

O Christ notre Roi, nous vous jurons fidélité éternelle! Faites que, nourris du Pain de votre Sainte Eucharistie, nous croissions en un peuple parfait, que nous méritions de continuer, sur cette terre d'Amérique, les traditions de la Fille aînée de l'Eglise.

O Dieu de Jeanne d'Arc, sauvez encore une fois la France! Sauvez notre cher Canada. Et vous, Bienheureuse Jeanne d'Arc, priez pour nous.

Ainsi soit-il.

J'y ai demandé où c'est qu'elle avait trouvé c'te prière-là. Elle m'a dit que c'est le pape Pie X qui avait dit que c'était correct. Apparence qu'y avait même écrit, de sa main sacrée, sus la lettre, qu'y espérait que la prière aye de l'effet. C'était beau de voir comment les enfants pis les créatures prenaient ça.

J'aurais donné une terre à bois pour que les Français de l'Ontario peuvent se faire instruire en français. J'aurais braillé comme un veau. J'ai prié pour c'te cause-là pis si ça s'est pas arrangé plus vite, c'est pas rapport à moi!

C'était rendu que les maîtresses, pis les frères avec les soeurs, montraient le français aux enfants, pis rapport qu'y avaient dans la tête de continuer à le montrer, y faisaient ça sans avoir de paye. Tu me diras que les frères pis les soeurs avaient fait voeu de pauvreté, mais y étaient pas obligés de crever de faim. C'était beau de voir la croyance qui animait le monde. Va donc demander aux jeunes de faire pareil avec l'écoeuranterie de Loi 22 à Bourassa, tu vas voir c'est quoi le patriotisme des Canadiens-français astheure.

Finalement, c'est Ottawa qui a réglé l'affaire. C'te année-là, je m'en rappelle, ça faisait ben manque pas plus qu'une semaine qu'on était descendus des chantiers quand le feu a rasé le parlement à Ottawa. Le trois février. Y ont essayé de faire passer ça sus le dos des canadiens-français, mais pour moi c'était amanché avec les Anglais pour les accuser.

On a remonté à la drave avant que l'affaire des écoles françaises soye arrangée, rapport que les discours d'Ottawa se sont fait rien qu'à la mi-temps de mai. On était redescendus. Pourtant ça a été long pis dur, c'te année-là, la drave. Y a commencé à mouiller à la fin février, manquablement on a monté à la drave au milieu de mars. Si y aurait pas tant mouillé, on aurait été correct, mais ça tombait jour et nuit' gros comme le pouce. Crains pas que les glaces ont vite cassé.

Quand est venu le temps de la glane, y avait de la pitoune échouée à une cinquantaine de pieds de la rivière. On était encore plus mouillé le soir, en retournant au camp, du temps de la glane que du temps de la drave, mais c'est pas rapport qu'on tombait dans la rivière, c'était de la sueur. On a gagné nos gages c'te année-là. Je dis pas qu'on les gagnais pas les autres années, mais celle-là, on les a pas volés certain. Je pense que, tout le temps que j'ai fait la drave, y a pas une année qu'on a tiré le yable par la queue de même.

C'te année-là a été occupée par la loi de l'Ontario. Assez qu'on était presquement rendus à penser que la guerre était finie dans les vieux pays. Manquablement, elle était pas arrêtée, mais tout ce qu'on entendait parler rapport à des chicanes, c'était des nouvelles qui r'soudaient de l'Ontario.

Encore chanceux d'avoir eu c'te chicane-là parce qu'autrement Lomer Gouin, le premier à Québec, aurait rien fait de tout le temps qu'y a été au pouvoir. C'était un libéral, mais y était aussi flanc-mou qu'un conservateur. C'est pas des farces, y avait rien à faire avec. J'ai jamais compris ça; ben catholique, pratiquant à part de ça, Canadien-français, libéral, mais pas moyen de le faire mouver.

Y faisait ben manque des promesses dans le temps des élections, mais les politiciens c'est tout' pareil. Quand vient le temps de t'arracher ton vote, y sont prêts à t'offrir n'importe quoi. Crains pas, le soir des élections, pour moi y jettent leurs promesses dans les feux d'élections, rapport que le lendemain y se rappellent pus de rien. La veille des votations, y sont au grill pis y seraient parés à payer une balounne à n'importe qui pour décrocher un ou deux votes. Va les voir, y te donnent des poignées de mains à t'en décrocher l'épaule, y te font des simagrées pour te faire voir que, rendus à Québec ou à Ottawa, y t'oublieront pas. Après ça, tu votes pis tu te fais fourrer.

C'est de même que Gouin a remporté ses élections pis c'est de même itou qu'y s'est accroché au pouvoir durant quinze ans. Y était comme les autres. Les politiciens, y ont la parole facile, pis y le savent; y sont pas mieux un que l'autre. Quand tu penses à ça, que tu l'as vu faire trois ou quatre fois, tu te dis que tu revoteras pus jamais. En seulement, quand la fièvre électorale repart, t'es le premier à l'attrapper. Tu tombes encore dans la trappe.

C'te année-là, y avait un gars qui voulait faire un barrage sus le Lac St-Jean, rapport aux compagnies de papier qui avaient été bâties quand chus arrivé au Lac. Ça marche pas à la crinque, une compagnie de même, ça mange de l'électricité pis ça leur en prenait de plus en plus. Le bonhomme Scott avait demandé un permis pour eux-autres au parlement, pour bâtir le barrage. Le parlement a pas voulu, apparence qu'y avait fait des placements dangereux avant.

C'était ça itou, la politique. Pis ça a pas changé. Essayez pas de me faire accroire qu'y sont mieux que dans le temps. Regarde le zarzais à Bourassa. On dirait qu'y est rentré en politique pour enrichir son beau-père. Comme si y serait pas assez riche de même, Simard. C'est ben pour dire pareil, ça a de l'argent encore plus que Crésus pis c'est pas encore assez. On dirait presquement qu'y veulent s'en ramasser pour l'éternité.

J'ai doutance qu'y va pas à la messe souvent, rapport qu'y saurait que t'emporteras pas ton butin au ciel. En parcas, le curé nous a toujours dit ça. Si ça serait rien que le curé du village chez-nous... mais j'ai jamais vu un curé dire le contraire.

En parcas, c'te année-là, Emma a accouché d'une autre fille. Elle l'a appelée Jeanne d'Arc, rapport aux troubles de l'Ontario. D'un jour à l'autre on s'attendait que le gouvernement se mette à nous parler de la participation canadienne, la même affaire que durant la guerre des Boers. On savait ben que les croches d'Ottawa seraient pas capables de laisser passer ça sans nous fourrer une flambée de taxes ou bedon quelque cochonnerie de même.

Le coup est arrivé l'année d'après. Y ont voté c'est qu'y appellent une conscription, une loi qui te forçait de t'enrôler sous les drapeaux pour aller défendre le roi d'Angleterre. Moi j'avais pas à me bâdrer, mais y en a une pocheté qui avait des enfants poignés pour aller mettre leur croix en bas des papiers pour s'enrôler, ou pour signer quand y savaient écrire.

Y a eu du bardas dans la province, y voulaient nous enrôler de force. Y disaient que c'était rapport à notre revanche des berceaux. Nous-autres, en se mariant, le curé nous disait de se multiplier pis, pour ça, y avait rien qu'une manière de faire, c'était de s'amancher pour que les femmes portent à tout' les ans. On faisait pas des enfants pour les envoyer au front, c'était pas de la viande à canons qu'on faisait. On avait pas goût de les envoyer se faire tuer dans les vieux pays.

On savait c'est qu'y en faisaient de nos jeunes dans les vieux pays. On avait eu l'expérience avec la guerre des Boers pis, comme qui dirait, chat échaudé craint l'eau frette. On a fait comme dans la bible, y a eu ben des appelés mais le paquet d'élus était pas vargeux, prends ma parole. Y faisaient des annonces dans les gazettes avec des portraits où c'est que les Anglais étaient toujours en avant mais on savait ben que ces portraits-là avaient pas été faits dans les champs de bataille. On savait que dans la vraie vie, c'était les Canadiens-français qui étaient les premiers à recevoir les balles. C'était eux-autres qui étaient sus les lignes de front.

Faut pas nous prendre pour plus innocents qu'on est. Y pensaient que le monde se laisserait fourrer de même. Voir si ça a besoin de parler, un anglais, pour le démêler d'un Canadien-français. Tu regardes comment qu'y est amanché pis t'en as de reste. On dirait presquement qu'y ont ça écrit dans le front: "Chus t'un Anglais".

Y ont collé des pancartes sus les poteaux, après les magasins, y en avait partout. C'était des portraits avec des chars, des tinques qu'y appelaient ça. Y avaient beau marquer de s'engager, quand tu voyais une affaire de même, t'avais pas envie de t'engager, t'étais rien que pour pas chier dans tes culottes.

C'était aussi gros qu'un engin des chars pis ça marchait sus des tracks itou. Crains pas qu'y ont pas eu des engagés comme y voulaient. Là les Anglais, les damnés fatiquants, ont commencé à chiâler rapport que les Canadiens-français voulaient pas partir sous les drapeaux; y ont braillé jusqu'à temps qu'Ottawa fasse de quoi. T'as vu ressortir Henri Bourassa. Y était pus député depus une escousse mais c'était encore le même homme.

Y faisait de la cabale contre la loi à Borden, le premier ministre à Ottawa, en disant que c'était des plans de nègres. Mais Ottawa s'en sacrait. Mon Bourassa, lui, y parlait de nationalisme, pis y disait qu'on était rendus aussi pires que la Russie avec leurs communisses. Je me rappelle pas si y a parlé des communisses, mais si y en a pas parlé c'est ben manque parce qu'y y a pas pensé, rapport que tout ce qu'y a pensé, y l'a dit.

Y a Laurier pis Gouin qui se sont rebichés contre la conscription mais quand t'as huit provinces contre toi, tu manges de la marde. De toute façon, ça réglait rien, ça fait qu'encore une fois, Gouin à Québec a chié sus le bacul. Y savait comment faire, ça y arrivait souvent.

C'est pas mêlant, ça brassait encore plus dans l'opposition que du côté du pouvoir à Québec. Juste avant de fermer la choppe pour les Fêtes, y a le député Francoeur qui s'est levé pis y a dit: "Que cette chambre est d'avis que la Province de Québec serait disposée à accepter la rupture du pacte fédératif si, dans les autres provinces, on croit qu'elle est un obstacle à l'union, au progrès et au développement du Canada". Ça, ça voulait dire qu'on était prêts à sortir du Canada. C'est pas les jeunesses à Québec qui ont dit ça, les séparatisses à Lévesque; c'était en '17. C'est pour dire que les idées des séparatisses, ça date pas de la dernière ondée. Les jeunes d'astheure le croiraient pas, mais eux-autres qui passent leur temps à écornifler partout, qu'y aillent donc fouiller dans les livres du parlement à Québec, pis y m'en donneront des nouvelles.

Mais quand la choppe a rouvert l'année d'après, y ont assez achalé Francoeur qu'y a relevé son dire. Moi ça aurait pas marché de même. J'aurais dit "si je l'ai dit, c'est rapport que je le pensais pis je le pense encore". En seulement, les politiciens, ça change encore plus souvent d'idée que de chemise.

J'ai doutance que leur motion, c'est la même affaire que la parole d'un politicien. C'est vrai quand y te la donne, mais ça veut pas dire que ça va être encore vrai cinq minutes après.

En tous les cas, le gouvernement a voté sa conscription en juillet, le 24. A mi-temps d'octobre, y ont fait des élections. Nous-autres à St-Méthode, on se disait que le gouvernement de Borden était pour se faire revirer de bord, que Laurier reprendrait le pouvoir; mais les Anglais étaient assez contents qu'y ont revoté pour Borden. Y pouvait pas dire qu'y s'était fait mettre au pouvoir par les Canadiens-français, rapport qu'y avait rien que trois de ses députés qui venaient de la Province de Québec.

Manquablement on savait qu'on aurait besoin de filer doux, si on voulait pas passer aux toasts, avec rien que trois députés conservateurs pour la grandeur de la province. Les jeunes étaient appelés pis y refusaient d'y aller. Y était pas question qu'on les force, rapport que c'était nos propres enfants. De toute façon, pas plus les plus vieux que les plus jeunes, ça voulait pas y aller. Crains pas, c'est pas moi qui les aurais forcés.

Quand Pâques est apparu, en '18, on sentait que notre chien était mort. Manquablement que les Anglais jappaient de plus en plus fort, rapport qu'on voulait pas envoyer nos enfants au front. En seulement, fallit s'amancher pareil.

Ça choquait les Anglais. Borden avait voté la loi pis les Canadiens-français l'envoyaient à l'herbe. Y ont fait la loi pour quelque chose comme dix mille Canadiens-français si je me rappelle ben. Mais y en a pas eu trois mille qui ont répondu à l'appel. Pis y avait un paquet d'Indiens dans le tas, Borden les a endormis avec des belles promesses comme d'habitude; c'est toujours ce qu'y font avec eux-autres.

Depus que le Canada est Canada qu'Ottawa fait des promesses d'ivrognes aux Indiens. Je l'ai toujours dit, donne à manger à un cochon, y va venir chier sus ton perron. C'est ça qui s'est passé avec les Indiens. Y ont tout donné à Ottawa. Ceuses qui ont répondu à l'appel ont ben manque tout' été pareil. A les entendre, y en aurait pas un verrat qui les forcerait à aller au front, mais aussitôt qu'Ottawa a voté sa loi, y ont chié sus le bacul.

Quand Borden a vu que ça voulait pas s'enrôler, y a menacé de fermer le Devoir, rapport à Henri Bourassa qui gueulait de plus en plus fort. Finalement, y a envoyé des troupes à Québec. Dans ce temps-là, c'était pas le 22e Régiment qui était à la Citadelle, c'était des Anglais. Y ont tout reviré Québec à l'envers. Je me rappellerai toujours, c'était à la fin mars 1918, rapport que j'avais passé proche de me faire tuer durant l'hiver par un arbre dans les chantiers. Je m'en étais tiré avec une jambe cassée; j'ai pas fait la drave. De bon matin, je décide d'acheter un radio à Emma pis j'ai pris le bord de Québec.

L'armée a lâché ses troupes en cheval, les deux soirs que j'ai été à Québec. Apparence que c'était de même depus une quinzaine de jours. Le monde garrochait des roches pis des mottes de neige dans les vitres du bureau des postes, pis ça gueulait à s'en époumonner. Une vraie farce.

Ça faisait des promesses d'un bord pis de l'autre, mais personne pouvait les tenir. Essaye donc de promettre que personne donnera des claques sus la gueule d'un soldat le lendemain; si le soldat est achalant, t'as beau avoir promis, c'est pas certain que l'autre va être capable de se retenir pis de pas en sacrer une couple sus la gueule de l'Anglais.

Mais entre Ottawa pis le monde, c'est toujours Ottawa qui a le dernier mot. Charles, lui, y dit que c'est nous-autres qui leur donne le poste. Je le sais, pis c'est pour ça que l'année d'avant, on avait voté contre Borden. En seulement, le Québec était tout seul dans sa chaloupe. Si ça aurait été rien que des Canadiens-français au Canada, je sais ben pas c'est qui aurait formé le gouvernement, mais j'ai doutance que c'est pas Borden. Je l'ai toujours dit, le Canada avec un Anglais à sa tête, c'est comme un troupeau de moutons qui a un loup pour berger. C'est ben certain qu'y va s'occuper du monde, mais ça veut pas dire pour autant que ça va être à leur avantage...

Toujours que le premier soir que j'ai passé à Québec, je débarquais des gros chars, j'ai vu des soldats en cheval qui fonçaient dans le monde. Des vrais fous. Y en ont tué quelques-uns certain. En seulement, quand tu vois une affaire de même, des Canadiens qui tuent d'autres Canadiens rapport qu'y veulent pas faire la guerre, t'as presquement honte d'être Canadien.

Chus allé faire un tour en ville pis j'ai rencontré des soldats qui m'ont parlé, mais j'ai rien compris, rapport que je parle rien qu'en français. J'ai pour mon dire que, comme on est arrivés en premier en terre d'Amérique, c'est pas à nous-autres à apprendre leur langue. Y m'ont emmené voir un gars qui parlait le français pis y m'a dit d'y montrer mes papiers. Quand t'es habitant, t'as pas accoutumance de traîner ton baptistère pour traire les vaches. J'y ai dit que j'avais pas de papiers sus moi, pis a fallu que je passe la nuit en prison. Manquablement, j'étais pas tout seul dans ma chambre.

A fallu attendre au lendemain pour faire dire que j'étais ben habitant pis que je restais à St-Méthode. Apparence que j'ai été chanceux, d'habitude ça leur prenait trois-quatre jours avant de savoir si tu pouvais faire ton service obligatoire. Des fois, y perdaient patience. Un Anglais, c'est jamais ben ben patient. Y vidaient les prisons d'un coup sec pis y envoyaient tout le monde dans les vieux pays. Les infirmes pis les habitants itou. Pas de passe-droit.

J'ai pas traîné dans les parages, j'ai acheté le radio pis je me suis enfermé dans ma chambre avec les papiers qu'y m'avaient donnés, des temporaires qu'y appellent ça. Je les avais mis sus la petite table à ras mon lit, pis je les quittais pas des yeux. Chus sorti de l'hôtel quand est venue l'heure d'embarquer dans les chars pour retourner au Lac.

Le lendemain de Pâques, y ont dit au radio que la ville de Québec était sous la loi des mesures de guerre. Les noeuds que j'ai eu dans les trippes c'te journée-là, c'est ben simple, c'est pas disable. J'ai bu à m'en virer les boyaux. Emma était découragée, ça m'arrivait pas souvent de me rincer le dalot.

Le lendemain, quand je me suis levé, j'ai poigné la cruche pis je l'ai vidée dehors. C'était pas le temps de partir sus une cuite, rapport qu'Emma était sus le bord d'acheter.

Elle avait eu de la misère durant son engrossement, j'avais doutance que le bébé viendrait pas facilement. Pis je m'étais pas trompé. Si ma grand-mère avait pas été là, c'est certain qu'elle aurait trépassé. J'ai même été poigné pour aller chercher le curé en pleine nuit. Chanceux comme un quêteux, y faisait ses valises quand chus arrivé; rapport qu'y avait de la mortalité dans sa famille. Finalement, on a réussi à la sauver. Une chance que j'avais le bon Dieu de mon bord.

Elle a été longue à relever. Moi, je trouvais ça dur à plein, rapport que j'étais habitué d'avoir une femme d'adon, pis là, elle était rendue assez faible qu'elle était pas capable de faire ses journées. C'est qui a rachevé de la remettre sus le piton, c'est quand y ont annoncé en novembre que la guerre était finie. En tous les cas, c'est ce que ma grand-mère m'a raconté quand chus revenu en janvier. Mais je te dis que j'étais pas fier de moi. Je me rappelais pas avoir rien fait avant de partir pis Emma était encore en famille. J'osais presquement pas la regarder dans les yeux.

Elle l'a perdu, celui-là. Y est arrivé durant la nuit, pis y était mort en arrivant. Ça l'a découragée durant quelques jours, proche une quinzaine, pis elle en a pus reparlé. Je sais ben qu'elle pouvait pas l'avoir oublié, mais elle en a pas reparlé. Je sais pas si ça m'a fait de la peine, rapport que j'aimais mieux perdre un enfant que j'avais pas connu, que j'avais pas eu le temps d'aimer, plutôt que de perdre ma femme que j'aimais. Je sais ben que c'est pas les paroles d'un bon catholique, mais pour être honnête, y faut que je l'avoue.

Le printemps d'après, en 1920, chus revenu de la drave, pis ma grand-mère a commencé à me faire drôle. Elle s'était remise à parler des soirées de temps des problèmes que les Indiens ont depus que les blancs sont en terre d'Amérique. Des fois, en pleine nuit, je sortais pour prendre l'air rapport que j'étais pas capable de dormir, pis je la voyais assise sus quelque souche, sus une roche ou même par terre en avant d'un feu pour faire sa tisane.

Durant l'été, une nuit que je la trouvais curieuse, j'ai décidé de m'approcher pour y piquer une jase, j'avais doutance qu'elle était pas heureuse. Je savais pas c'est qui se passait, rapport qu'y avait des Indiens qui venaient de plus en plus souvent à la maison. Elle était rendue à quatre vingt-quatre ans, pis ça faisait six ans qu'elle était avec nous-autres. Je me demandais si c'était rapport qu'elle s'ennuyait de la terre où qu'elle avait vécu avec mon grand-père.

Elle m'a parlé de sa jeunesse, de sa famille, sa vie dans son peuple, pis des troubles que les blancs ont donné aux Indiens. Elle m'a parlé itou de son apprentissage de sage-femme pis de femme-médecine. C'est aussi c'te nuit-là que j'ai su c'est qui s'était passé entre Ottawa pis Riel en 1885. Moi, je l'avais jamais su, rapport que Riel est mort deux ans avant que je vienne au monde.

Je sais ben que si je raconterais ça aux blancs, tout le monde dirait que j'ai pas su la vraie affaire, mais j'aime mieux croire ma grand-mère que les hommes à Ottawa. Quand y ont affaire aux Canadiens-français, y sont pires que des corneilles. Par en avant, y te font des belles façons, mais dès que t'as le dos tourné, y s'arrachent ton butin. C'est pour ça qu'y ont levé des impôts: pour te voler dans la face. Je l'ai toujours dit, si la politique est pas sale, c'est les politiciens qui le sont. Encore chanceux, y en a de temps en temps qui sont moins croches que les autres. Ça, c'est la même affaire que les cochons. Leur auge a beau pas être sale quand tu leur donnes à manger, quand le cochon s'en approche, c'est pas long qu'y la salit.

Un matin, ma grand-mère s'est mise à bardasser en disant qu'elle avait envie de revoir le milieu qu'elle avait connu avant de se marier. J'y ai demandé si elle voulait aller à Pointe Bleue, voir les autres Indiens. Je voulais y faire plaisir, pour moi ma grand-mère c'était sacré. Elle m'a dit que ça la tentait de faire le voyage toute seule. C'est pas loin quand on a la trentaine, comme moi dans le temps, mais rendue à quatre-vingt-quatre, ça commence à être une moyenne trotte.

Je voulais pas la bâdrer, j'en ai pas reparlé. Je me disais que le jour que ça la tenterait, elle avait juste à me le dire pis j'irais la reconduire où c'est qu'elle voudrait aller. T'as beau pas avoir de coeur au ventre, quand ta grand-mère a besoin de toi, tu l'aides. Manquablement, moi j'avais resté avec elle proche trente ans pis elle m'avait soigné comme jamais une autre femme l'aurait fait. C'était ben le moins d'y rendre la vie la moins dure que je pouvais.

C'est au mois d'août que tout s'est passé. Chus revenu des champs à midi pis Emma m'a dit qu'elle avait pas vu ma grand-mère depus le matin. Chus allé voir dans sa chambre pis, quand j'ai vu le lit même pas défait, j'ai pensé qu'elle était partie à bonne heure au vieux brûlé pour ramasser des beluets. Emma se faisait du sang de cochon. A fallu que je la tranquillise en y disant que c'était une indienne, qu'elle savait qu'elle devait se ménager pis qu'y avait pas de danger.

Je me doutais de c'est qui s'était passé, après les nuits passées à palabrer ensemble. Je voulais pas y croire, même si, dans le fond, je me faisais pas trop d'illusions.

Quand le soir est arrivé, elle était pas encore rentrée. J'ai pris le bord de Pointe Bleue en me rappelant c'est qu'elle m'avait dit le soir d'avant. Je savais pus si y fallait que je me bâdre ou non. J'ai été voir ceux-là qui la connaissaient. Je savais pas comment m'expliquer, si je finissais par la trouver, mais tout ce qui m'intéressait, c'était de savoir où qu'elle était. J'avais pour mon dire qu'à son âge, elle était ben manque assez vieille pour décider quoi faire elle-même. En parcas, si elle était pas assez vieille, c'était pas à moi d'y dire.

Quand j'ai eu fait le tour sans l'avoir trouvée, chus allé voir le chef pour y demander si y avait quelque idée sus la manière de fugue qu'elle avait fait, quelque conseil pour commencer à la chercher. J'étais comme un ours en cage, je savais pus quoi faire. Le chef m'a demandé des tas de questions pour le mettre sus une piste.

Finalement, y a dit qu'elle devait voir venir la fin. C'est ça qui l'avait fait partir, rapport qu'elle voulait mourir de la manière qu'elle avait vécu avant de nocer, mourir en indienne, mourir dans la forêt ou bedon de quoi de même. Je voulais la voir avant qu'y soye trop tard, ça fait que j'ai demandé au chef si y voulait m'aider à la trouver. Lui, y m'a dit que si elle était partie, c'était parce qu'elle pensait qu'elle m'en avait assez appris pis qu'elle avait pus rien à m'apprendre. Mais y a accepté d'aller voir le sorcier de la réserve. Le sorcier faisait pus de sorcellerie depus belle lurette mais quand y a vu que je tenais à la revoir, y a accepté de faire la danse du Wabano.

J'avais des doutes, mais ma grand-mère m'avait toujours dit de me fier à ce que me dirait un indien. Je trouvais ça curieux pareil comme manière de faire mais je l'ai laissé s'embarquer dans une cabane en bois rond. Y était tout seul là-dedans, y avait même pas de chassis. On l'entendait danser pis dire des formules magiques je suppose, en parcas je serais jamais capable de redire ses baragouinages.

Un moment donné, la cabane s'est mise à shaker comme si y aurait eu un tremblement de terre, mais y avait rien que la cabane qui brassait. Nous-autres, tous ceux-là qui étaient autour, on sentait rien. Dire le temps que ça a duré, je serais ben en peine. Une heure? Une journée? Je le sais pas. En seulement, un moment donné, l'homme est sorti, blanc comme du lait. Y a dit que les Esprits y avaient fait savoir où c'est qu'elle était partie.

Quand y a dit qu'elle était partie vers la rivière Saguenay, qu'elle avait marché depus la veille au soir, je pensais qu'y était viré fou. Je m'ai dit que de toute façon, chercher par là ou chercher ailleurs, j'étais aussi ben de commencer par là. Avant de partir, le sorcier m'a dit de descendre le long de la rivière, que je devais la trouver aux abords, un peu avant d'arriver à l'embouchure de la Shipshaw, sus le versant nord.

Chus parti avec l'estomac creux, les hardes que j'avais sus le dos pis une carabine que le chef m'a prêtée. J'ai marché à tâtons de même deux nuits pis trois jours, m'arrêtant juste pour reprendre mon souffle, mangeant une poignée de beluets par-ci par-là, mâchant de l'épine de sapin continuellement. J'étais rendu à bout quand je me suis arrêté pour me reposer. J'ai dormi. Combien de temps? Je le sais pas pis je le saurai jamais.

Je sais seulement que quand je me suis levé, j'ai même pas pris le temps de manger, chus reparti. D'après le soleil, y devait être dans les quatre heures de l'après-midi quand j'ai retrouvé ses traces. Elles étaient fraîches, une heure ou deux au plus. Ça paraissait qu'elle était fatiguée. Le pied était étampé au complet dans la terre, pis y avait une espèce de trainage dans le bout des orteils. Ça me faisait curieux rapport que c'était pas sa manière de marcher. J'avais souvent remarqué ses traces quand j'étais plus jeune. J'ai pensé qu'elle était en danger. J'ai couru comme un forçat, à m'en époumonner. J'avais un souffle au côté mais fallait que je coure. Chus arrivé sus le bord de la Dam à Caron, pis elle était étendue de tout son long sus le barrage. Je me suis approché, pis j'ai vu qu'elle soufflait pas normal. J'y ai relevé la tête, elle me regardait, mais on aurait dit qu'elle voyait pas.

"Les blancs ont pas eu assez de nous voler notre terre, qu'elle a dit, a fallu qu'y la détruisent. Y pensent qu'en la détruisant à petit feu, y se rendent service, mais y vont voir avant longtemps que jouer avec les éléments, ça paye pas. La nature aura toujours le dernier mot. Elle était là la première pis elle va être la dernière à s'éteindre." Elle a arrêté de parler quelques secondes, pis là, elle m'a dit, avec une voix que j'y avais jamais entendue: "Jure mon enfant, jure sus ce que t'as de plus sacré, que jamais tu trahiras la cause de la nature."

J'ai juré... Elle a laissé tomber la tête. J'ai braillé comme un veau qui a perdu sa mère. J'avais des boules dans la gorge pis j'ai pleuré à m'en vider toutes les larmes du corps. J'ai descendu jusqu'à Jonquière. J'ai acheté une poche de ciment pis chus revenu au barrage, j'ai mis ma grand-mère dans un creux qui était resté dans la dam. C'est elle qui m'avait demandé de la laisser où à mourrait. J'ai fait mon ciment en priant pis je l'ai coulé sus elle. Elle est encore là pis à part moi, y a personne qui sait exactement où. Y aura personne non plus. Ça, c'est mon secret que j'emporterai avec moi dans ma tombe.

Quand une personne a fait partie de ta vie durant trente ans proche, que tu l'as eue à ton côté à toute heure du jour, un petit brin comme ta femme ou ta mère, c'est dur de pus la voir en rentrant à la maison.

Ça a pris proche un an à m'y faire. Même quand chus revenu des chantiers, ça me faisait drôle de voir qu'elle était pas là. Emma était encore engrossée, pis ça allait encore plus mal. Manquablement, ma grand-mère était pus là pour y aider. J'ai rasé perdre la boule quand le temps de la visite des Indiens est arrivé pis qu'Emma a pas passé au travers. Ça a viré à l'hémorragie par en dedans, pis elle est morte durant la nuit. L'enfant a pas vécu non plus. La maison vide? C'est pas disable. En dedans de trois saisons, perdre les deux femmes de ma vie, je pensais que j'y passerais itou.

J'ai doutance que si ma Gertrude avait pas été aussi avenante, malgré qu'elle avait juste huit ans, j'aurais pas passé au travers. Elle s'occupait de ses frères pis de ses soeurs, six à part d'elle. J'ai jamais été capable d'y dire comment j'avais apprécié son aide, mais y a des fois que le silence est ben plus bavasseux que le meilleur sermon. Je pense qu'elle l'a compris pareil. C'est elle qui s'occupait du train jusqu'à temps que je me remarie en '23 avec Évangéline. J'avais trente-six ans, elle en avait vingt-huit. Vieille fille, une belle grosse créature, vivante pis joyeuse, elle aurait pas fait de mal à une mouche. Des fois, pour l'étriver, je disais à la visite qu'elle était assez d'adon que je la battais pis qu'elle braillait même pas.

Durant ce temps-là l'ouvrage avait commencé au bas du Lac St-Jean, rapport au barrage de la Grande-Décharge. Y avaient arrêté leur idée en 1916 rapport à la guerre, mais y ont recommencé à en parler l'année d'après la mort à Emma, pis après un paquet de placotage pour rien, y se sont mis à l'ouvrage en plein hiver. Je l'ai su en revenant du bois. Sur le coup, j'ai pensé à ma grand-mère qui avait prédit un malheur...

En '25, ça a été au tour de l'Alcan à s'installer au Saguenay. Dans le temps, y appelaient pas ça l'Alcan, y disaient l'Alcoa. Y se sont dépêchés, d'acheter au-dessus de la moitié des parts de la Duke Price, quand le bonhomme Duke a cassé sa pipe. C'est de même qu'y sont devenus rois et maîtres de la région.

Dans ce temps-là, ça faisait au bas mot deux ans qu'y avaient commencé à construire le barrage de l'Isle-Maligne. Les jeunes astheure y donnent aux affaires les noms qui les tentent. Dans le temps, c'était la même affaire pour les rivières que pour le monde. Fallit donner des noms qui collaient à ce que tu voulais nommer. L'Isle-Maligne, y l'appelaient de même rapport au courant qui est terriblement fort dans ce bout-là.

Avant que Price pis l'Alcan s'arrangent avec le gouvernement, y a pas une compagnie qui avait eu le droit de faire monter le lac en haut de sept pieds et demi, mais rien qu'en '28, ils l'ont fait remonter à dix-sept pieds et demi. C'est vrai que la pluie y a été pour de quoi, rapport qu'y mouillait à boire debout jour et nuit. La drave a été dure à plein.

Y en a qui se sont effiellés ou qui ont attrapé des efforts, ce printemps-là. Tu te couchais crevé le samedi soir, pis je te jure que t'étais fier d'avoir ton dimanche off. Nous-autres on se lamentait pas, on était tout' des catholiques sus le chantier c'te année-là, ça fait qu'on prenait notre dimanche.

Ça faisait pas l'affaire des foremen, mais on se sacrait ben d'eux-autres; on respectait le jour du Seigneur. On le prenait autant pour nous-autres que pour lui. Le général foreman nous disait qu'on allait boire la tasse le lundi matin, rapport qu'on aurait perdu le tour. Voir si on peut perdre l'habitude rien qu'en une journée de repos.

Les autres foremen étaient pas regardants sus le dimanche. Y savaient que, le temps venu, on se mettrait à la job puis y aurait rien que le samedi soir pour nous arrêter. Faut dire qu'y étaient catholiques itou. Manquablement, y comprenaient que t'aies besoin de t'arrêter le samedi à la brunante pour respecter le jour du Seigneur. Le général foreman, lui, y était protestant, puis les protestants, je sais pas quand y font leur religion, mais lui je l'ai jamais vu prier.

Pour moi y était comme les jeunes d'astheure, y faisait pas sa religion. Je dis pas ça pour me mêler de ce qui me regarde pas, mais jamais d'Angélus, pas de chapelet ou de prières sauf quand y se mettait à sacrer en anglais, rapport que c'en était un.

Une fois, ça a rasé mal tourner rapport qu'y voulait que j'aille poser une charge de dynamite sus une embâcle. Je savais que celui-là qui irait, reviendrait pas. Pas plus fou qu'un autre, j'ai une tête sus les épaules pis c'est pour m'en servir. J'ai envoyé chier le bonhomme en disant que si y était pas capable d'y aller lui-même, y avait rien qu'à s'en passer.

Y se met à me traiter de tous les noms pis à me dire que j'étais vache pis que j'avais pas de coeur au ventre, des affaires de même. Voir si un Anglais est amanché pour faire la morale aux autres. Comme de raison, les bêtises me glissent pas sus le dos comme un canard, j'ai poigné le boss par le collet en disant que j'allais l'étriper si y retirait pas ses paroles, rapport qu'y avait pas un jewiss d'anglais qui viendrait me dire quand aller me tuer. Je laisse ça au bon Dieu puis j'ai doutance que les Anglais sont loin d'être le bon Dieu. En tous les cas, si le bon Dieu est un Anglais, c'est pas vrai qu'y est infiniment parfait.

Mon boss m'a montré le su' pis y a dit d'aller chercher ma paye, rapport que j'étais slaqué. Crains pas qu'y était pas question de le laisser l'emporter au ciel.

En parcas, y en a une dizaine qui ont laissé tomber leurs pics à drave en disant que si j'étais clairé rapport que je voulais pas me tuer, y le seraient itou, vu qu'y voulaient pas non plus poser la dynamite. Mon boss a pilé sus son orgueil pis y a dit que c'était correct. N'empêche que c'est moi qui avait raison. Y a offert une récompense. Son garçon se pensait plus smatte que les autres. Y a poigné la dynamite puis y est allé l'installer.

Crains pas qu'y l'a pas eu sa récompense. Y est pas revenu. Manquablement, ça avait beau être le fils du boss pis un Anglais, ça nous a fait de quoi quand on l'a vu partir à la dérive. C'est de même dans les chantiers, t'as beau t'haïr à t'entre-tuer, quand la mort en fesse un de l'équipe, même si c'est du bord du boss, on se serre les coudes.

On a retrouvé son gars cinq jours après, douze milles plus bas. Le boss commençait juste à se faire à l'idée que son garçon était pus là, pis la rivière Ashapmushuan y a rouvert sa plaie. C'est ben pour dire, si t'essayes de bosser avec la nature, c'est pas long qu'elle te montre que t'es pas de taille. Pis elle a le tour à part de ça.

Le boss a redescendu avec une équipe de porteurs pis y a pas remonté finir la run. Y nous en ont envoyé un autre à sa place. Je sais pas si y était plus smatte, rapport qu'un boss c'est un boss. Qu'y te parle en français ou en anglais, c'est un boss, pis c'est tout ce qui compte pour les gars.

Mais ça a beau être n'importe qui, quand le malheur frappe sus un chantier ou à la drave, t'oublies ce qui a pu se passer avant. On dirait que ça te fait prendre conscience que tout le monde a besoin de tout le monde, sus c'te terre-là. C'est de valeur que ça prenne la mort pour t'y faire penser, mais c'est de même.

Quand on a retrouvé le jeune, soufflé comme une balounne... C'était de voir le boss avec ses six pieds et quart, tout ratatiné, les larmes qui y coulaient comme une

Madeleine. Assez, qu'y nous donnait envie de brailler nous-autres itou. C'est ben pour dire, des noyades, j'en ai vues un moyen paquet. Mais j'ai jamais été capable de m'y faire. Je pense que plus j'en voyais, plus je trouvais ça dur.

C'est là que tu vois que t'as le bon Dieu de ton bord quand tu pars à la drave puis que t'en reviens vivant. Je sais ben qu'y faut pas être plus catholique que le curé, mais quand tu t'arrêtes pour penser à ça, faut que tu te dises que t'as eu le bon Dieu avec toi pis St-Christophe itou avec tout' les autres saints du ciel. Si je l'aurais pas eu de mon bord dans le temps, je serais pas là à m'ennuyer à soir.

En plein samedi soir à part de ça. Dire que dans le temps, c'était le soir qu'on avait le plus de fun. On se ramassait tout le rang quelque part pis on se faisait une veillée. Y a des soirs que ça finissait juste avant le coup de minuit, rapport que fallait que t'ayes pas mangé depus minuit pour communier le dimanche matin à la messe. T'avais pas le droit de boire un verre d'eau non plus. Si tu te levais avec une fringale, tu t'amanchais pour aller à la messe de bonne heure, pis tu laissais ton banc vide pour les autres à la grand-messe.

Dans le temps, t'achetais ton banc pour la grand-messe à tous les ans. Si y avait quelqu'un dans ton banc, tu le faisais changer de place. T'avais payé, c'était normal que ce soye toi qui en profite. Astheure, les curés seraient mal pris pour vendre les bancs, y a pus de monde à la messe sauf pour la nuit de Noël pis la Veillée Pascale. Même les offices du Vendredi Saint, l'église est vide comme un tombeau. Y a pus rien que les vieux pour y aller encore.

Toujours que, quand on est redescendus de la drave, le Lac St-Jean était assez monté que la moitié de ma terre était rendue en-dessous de l'eau. On pensait que c'était rapport à la pluie qui avait tombé, mais plus ça allait plus ça montait.

Évangéline m'a dit que la Price avait commencé à faire remonter le niveau du lac avec son barrage de l'Isle-Maligne. Ça a pas été long que ma grand-mère m'est revenue dans l'idée. Quand je me couchais, je m'endormais avec ses mots en tête: "La nature aura toujours le dernier mot". J'en ai fait, des cauchemars...

Un matin, au commencement de juillet, j'ai dit à Évangéline que j'aimais mieux ramasser mon butin pis m'évader avant que le lac me jette dehors de chez-nous. Elle s'est mise à dire que j'avais trop écouté les Indiens, que j'étais mieux de m'arranger pour pus voir mes amis de Pointe Bleue. J'essayais d'y faire comprendre qu'elle pouvait pas savoir comment ça pense un indien, ou comment ça agit. C'est normal, quand t'as jamais resté avec des Indiens, tu peux pas savoir comment ça pense.

J'y ai dit qu'elle était mieux de se tenir prête, rapport qu'avant longtemps, on serait poignés pour changer de place. Elle me croyait pas, mais j'y ai prouvé que j'avais raison, pis que j'avais pas regardé les signes avec les yeux bouchés. C'est vrai que les signes étaient clairs, mais y en a un paquet qui les ont pas vus.

Au mitan de juillet, les vents ont poigné pis le Lac Plat, comme les Indiens l'appellent, avait perdu son nom. Quand les vagues se mettent en frais sus le Lac St-Jean, c'est pas beau à voir. Des vagues de dix pis quinze pieds de haut avec des moutons, c'est pas ce qui manquait sus le lac.

On est allés se réfugier sus la réserve à Pointe Bleue, rapport aux amis que j'avais là. Le onze juillet y ventait assez fort, que le quai des frères à Roberval, qui était pourtant fait en ciment, a été arraché par les vagues. Ça itou, si y faudrait que je dise ça aux jeunes, y diraient que j'ai menti; mais qu'y se donnent la peine de fouiller les gazettes ou les livres de ce temps-là, pis après ça y diront que j'ai menti.

C'était pas beau à voir. On essayait de pas s'en faire, mais Évangéline avait assez dit que je m'en faisais pour rien que j'avais fini par le croire pis j'avais pas pris mes précautions. Quand on est retournés à St-Méthode, on a reconnu les arbres, mais y avait pus de grange, pus de maison, pus de clôture à vache ni rien. Les plus gros arbres avaient tenu; à part de ça, rien que de l'eau.

Notre butin, y en était pus question. Quand tu peux pas trouver ta maison, tu commences pas à chercher les langes des petits. Le chef, à Pointe Bleue, m'a donné une charrette avec un cheval. Comme Évangéline était enceinte, y l'ont gardée avec eux-autres en me disant de me trouver de quoi puis de revenir la chercher après. J'aimais autant ça, rapport que t'établir quand t'as une femme enceinte avec onze enfants sus les bras, ça avance pas vite.

J'ai eu une petite compensation de la Price. Chus parti pour Charlevoix en pensant à ma grand-mère quand je l'avais emmenée. Je savais qu'elle avait aimé ce coin-là. J'ai acheté une petite terre à St-Urbain. Pas un gros morceau, rapport que j'avais pas eu grand-chose pour celle de St-Méthode.

Ça a été le commencement d'une série d'années de vache maigre, rapport qu'après ce coup-là à St-Méthode, l'année d'après on a eu la grippe espagnole. Évangéline a rasé y rester. Avec tous nos enfants, ça prenait tout notre petit change pour pas être malades. Dans ce temps-là, c'est pas le temps de faire ton faraud. T'as presquement l'air d'un sauvage, tu t'arranges pour qu'y aye le moins possible de monde qui viennent te voir pis tu restes chez-vous.

Tu vis de ce que ta terre veut te donner pis tu pries pour avoir des jours meilleurs. Ça tombait comme des mouches, dans les grandes villes. Apparence qu'y en ont même enterré des vivants. C'est-tu vrai, c'est-tu pas vrai, je le sais pas, mais c'est pas moi qui va aller les déterrer pour le savoir.

Dire comment y est mort de monde dans la Province de Québec rien qu'à cause de la grippe espagnole, je serais ben embêté. Rien qu'à St-Urbain, ça tombait trois ou quatre par jour, des fois plus, des fois moins. Y avait pas moyen d'avoir le docteur; y voyait les cas les plus graves pis les autres attendaient.

J'étais content de savoir les recettes des Indiens. J'en ai fait pour les fous pis les fins pis encore. Une tisane pour ci, une autre pour ça, une autre au cas que, puis l'autre pour pas prendre de chance. Évangéline, elle, c'était les mouches de moutarde qu'elle faisait pis tu les gardais plus longtemps que pas assez. On se soignait comme on pouvait. T'avais pas le choix, y avait pas assez de docteurs pour ce qu'y avait de malades.

Manquablement c'était pas toujours ceux-là qui avaient vu le docteur qui passaient au travers. Même que c'était plus eux-autres qui passaient l'arme à gauche que les ceuses qui s'étaient soignés avec les remèdes qu'y connaissaient. Les curés nous disaient de prier, pis on s'usait la langue à force de prières.

Le soir, c'était pas un chapelet qu'on disait, c'était un rosaire. T'en faisais des prières pis des neuvaines. T'avais de la misère à t'arrêter pour manger. Crains pas, y a pas un saint du ciel qui avait pas droit à sa prière. Finalement, on a réussi à passer au travers de la grippe pis tout de suite après, Évangéline m'a dit que le moulin de Val Jalbert était passé au feu. Elle avait pris ça dans la gazette.

En '28, le Lac a sorti de son lit, rapport au barrage; en '29, Val-Jalbert a fermé à cause du feu du moulin, la grippe espagnole, puis comme si ça aurait pas été assez, la crise a suivi. L'argent s'est mis à perdre de la valeur. T'avais des salaires de crève-faim, pis l'argent valait rien. Dans ce temps-là, ta femme a beau oublier une fournée de pain dans le poêle, y a beau être noir comme de la suie un pouce de creux, tu le manges pis tu te plains pas, rapport qu'y en a un paquet dans les villes qui avaient pas de pain sus la table.

Moi, je les admire, ce monde-là. Pour moi, un repas où que t'as pas de pain sus le milieu de la table, appelle ça comme tu voudras, mais c'est pas un vrai repas. Pas pour moi. Manquablement, j'aime mieux me passer de souper que de pas avoir de pain.

Toujours qu'un dimanche de septembre, le petit Girard, qui venait accrocher son fanal à la maison de temps en temps, arrive, pis y fait signe à ma Gertrude de s'en aller dans sa chambre. Y me demande de passer au salon, me monte un bateau que je savais pas où c'est qu'y voulait en venir. J'essayais de l'arrêter, on aurait dit un record quand le gramophone est crinqué jusqu'au bout, t'as pas moyen de placer un mot.

"Savez, monsieur, que chus ben travaillant, j'ai pas peur de l'ouvrage, chus un honnête homme, je revire pas trop souvent de bordi-bordagne, chus un gars tranquille..."

Je me demandais c'est qui se passait. Y arrêtait pas. Ça a duré de même proche un quart d'heure. Finalement, le chat est sorti du sac assez raide, que j'ai rasé tomber en bas de mon divan. Y venait me demander la main de ma Gertrude. Manquablement, moi, je la trouvais jeune en batêche. Quand y m'a dit qu'elle était rendue à dix-sept ans, je le croyais pas; a fallu que j'y repense. Le temps avait passé vite pis je l'avais pas vu. Je pensais qu'elle avait rien que douze ou treize ans.

Elle était rendue assez vieille, à dix-sept ans, pour penser à prendre mari, mais j'arrivais pas à la voir mariée. Je l'avais pas vue grandir. Ça me faisait curieux. J'ai demandé au jeune quand c'est qu'y avait l'intention de l'emmener à la sainte Table, pis y m'a dit qu'y voulait faire ça après les récoltes, l'année d'après. Manquablement, ça me laissait un goût de vieux dans la bouche. Quand t'as toujours eu idée que tes enfants sont des bébés, ou ben proche, puis tu te fais demander la main de ta fille, si elle a vieilli, toi itou, t'as vieilli.

En parcas, j'ai donné mon consentement. C'est ben pour dire, encore astheure, je me dis qu'elle s'est mariée à dix-huit ans, pis dans le temps c'était l'âge que les créatures se mariaient. Gertrude savait ce qu'elle faisait. Elle, en particulier, était ben manque assez mûre pour prendre mari. Même astheure, quand je m'arrête à jongler à ça, je trouve qu'elle s'est mariée trop jeune. Rapport que j'ai pas eu le temps de la connaître.

Dans le temps, c'était de même pour tout le monde: on partait pour le bois pis on y passait l'automne avec un bout de l'hiver, un bout de printemps à la drave. L'été, on avait assez d'ouvrage qu'on avait pas le temps de voir pousser nos enfants.

Chus parti pour les chantiers de la CIP. J'avais doutance que j'en aurais pus pour longtemps à bûcher, rapport que je vieillissais sans m'en rendre compte, pis j'ai passé mon hiver à jongler pour passer les soirées en attendant de m'endormir. Les récoltes sont arrivées assez vite, l'année d'après, que je me suis demandé si j'avais eu le temps de semer avant de récolter. C'est de même que j'ai perdu ma première fille.

Ah! Elle revenait encore assez souvent, mais c'était pas pareil. C'était pus ma fille, c'était la femme à Claude Girard. Presquement une étrangère.

CHAPITRE — III —

Quand t'es parti sus une veine de noces, c'est la même affaire que les compérages. Y a des années qu'y en avait pas, mais y en a où c'est que t'en avais deux dans l'année. On peut même pas dire que ça en faisait de moins dans la maison. Y en avait un qui se mariait, pis la même année y en avait un autre qui venait au monde. La trâlée baisse pas vite dans ce temps-là.

C'était la même affaire que dans la vie: un qui part, un qui arrive. Je me bâdrais pas rapport à Charles, y était encore sus les bancs d'école. Vu que c'était mon premier garçon, je l'ai offert à la prêtrise. Dans le temps, ça se passait de même: y avait un curé dans presquement toutes les familles. Charles a pas fait d'histoire, y a accepté. Dans mes enfants, j'ai un curé, deux religieuses pis un frère du Sacré-Coeur.

Toujours qu'en '31, Taschereau a fait des élections pis, manquablement, depus le temps que les rouges étaient là, y l'a remporté haut la main. Ça a brassé rapport à Camilien Houde qui a demandé un recomptage. Y avait perdu ses élections. Finalement, ça a reviré en queue de poisson. Duplessis était à son deuxième mandat mais y a pas voulu y donner un coup de main. Y disait que c'était pour pas que la province perde la confiance du reste du Canada. Dans le fond, je me demande si c'est pas qu'y avait peur à son poste. Y avait gagné son propre comté par la peau des dents.

Vu qu'on était en crise, on avait peur qu'y nous arrive d'autres affaires. À toutes les fois qu'y se passe de quoi de pas catholique, ça revire contre ceux-là qui font le trouble. En Russie, au commencement du siècle, ça allait mal. Ça a viré au communisse durant la guerre 14-18. L'Allemagne, elle, ça s'est mis à mal aller la même affaire que partout ailleurs, pis y ont vu r'soudre un gars qui sortait de prison. Y a fini par avoir pas mal de pouvoir. Nous-autres, on s'est mis à avoir peur. Hitler qu'y s'appelait.

Ah, y disait ben manque qu'y faisait ça pour le bien de l'Allemagne, mais le temps a prouvé le contraire. A tout bout de champ y avait des prises de bec entre les nazis pis les communisses. De ce bord icitte, on était content, rapport que tant que les communisses resteraient en Russie, on les aurait pas chez-nous. En seulement, y avait de quoi qui flottait dans l'air qui faisait penser à une autre guerre.

Manquablement, on avait peur parce que les avions grossissaient, ça allait de plus en plus vite. Y avaient sorti des tinques qui pouvaient passer partout sans avoir besoin de tracks comme ceuses de '14-18. On a pas été surpris quand y nous ont appris, en '33, qu'Hitler avait pris le pouvoir en Allemagne. Ça faisait pas notre affaire mais on se lamentait pas. Ceux-là qui avaient encore un petit brin d'avoir en profitaient pour ramasser. La politique était de plus en plus pourrie. Si tu faisais partie de la gamique de Taschereau t'étais certain de t'en sortir. Mais si y te connaissait pas, tu valais pas cher.

Duplessis était fils de politicien, ça fait qu'y connaissait la crasse. Manquablement qu'y savait comment les prendre. Quand est arrivé '36, y s'est choqué. Plus ça allait, plus y gueulait en chambre, on savait pas où c'est que ça mènerait. Ça a débouché sus l'Enquête des Comptes publics. Crois-moi qu'y leur a tiré les vers du nez.

Taschereau se laissait pas faire, mais Duplessis voulait pas le laisser aller sans y arracher quelques plumes en passant. Le père Taschereau filait pus pour voler, rapport qu'y en avait pus épais sus les ailes. Pis Vautrin, lui, ça battait quatre as. Je pense qu'y a jamais un politicien qui a fait rire de lui de même dans toute l'histoire de la province.

J'ai déjà vu du monde rire des autres, même que dans mon jeune temps, je donnais pas ma place. Mais pour accoter Maurice Duplessis, j'en ai jamais vu. C'était noir de monde au parlement. Apparence que les ceuses qui ont été voir c'te enquête-là ont ri pour mourir. Évangéline lisait la gazette presquement tous les jours. Manquablement, elle passait le gros du temps dans les pages qui avaient rapport à l'Enquête des Comptes publics. J'ai connu du monde qui ont été voir ça, pis y ont dit que les shows à Ti-Zoune, à côté de ça, c'était platte. J'ai rasé d'y aller au mois de mai, rapport que la drave avait été assez courte, mais avant que j'aye pu descendre à Québec, Duplessis s'était assez débattu, que Taschereau avait l'air d'un diable dans l'eau bénite.

J'ai doutance que Duplessis avait dans la caboche de s'installer pour une escousse. Crains pas qu'y a réussi. Y a été à Québec au-dessus de trente ans. Y avait les curés puis les évêques dans sa manche. Jusque Monseigneur Laflèche qui disait au monde de voter pour Duplessis. Ben, y leur disait pas tout net de même, y disait que l'enfer est rouge puis le ciel est bleu. Manquablement, que le monde votait pour Duplessis.

Lui, ça faisait son affaire. Si y s'aurait contenté de se faire aider par Monseigneur Laflèche, mais y avait aussi les curés puis les frères de son bord. Même le saint frère André y disait de s'amancher pour débarrasser la province du fléau libéral.

Y faisait son possible, y était député de Trois-Rivières, pis y était chef de l'opposition. Les autres de l'opposition étaient amanchés avec les libéraux pis Duplessis était le seul dans l'opposition à s'opposer. Fallait qu'y rechigne pis y avait pas la tâche facile. Y a des bout', y se débattait comme un petit cochon dans une poche. Crains pas qu'y se faisait aller les babines.

Les libéraux ont été assez longtemps au pouvoir qu'y étaient rendus plus croches que leurs chemins. Duplessis se gênait pas pour leur faire savoir que c'étaient des voleurs. Un moment donné qu'y avait accroché Taschereau au parlement, Taschereau y dit: "Je fais comme le député de Trois-Rivières, je prends les intérêts de la province". Mon Duplessis, crains pas qu'y était pas barré, y réplique tout de suite: "Pardon, moi, je lui laisse ses intérêts, je les prends pas". Apparence que le monde qui était là a ri à s'en tordre les boyaux. À lui tout seul, y a réussi à renverser le gouvernement.

A l'automne, chus retourné dans le bois comme de coutume. La neige était ben rare. On envoyait la pitoune le plus proche possible de la rivière, rapport qu'on savait que la drave serait dure à plein. On se doutait qu'on aurait une misère noire au printemps, que l'eau serait rare. De l'eau rare, c'est presquement pire que trop d'eau: la moindre pitoune qui accroche une roche te jamme la rivière sus un mille de long. Quand la drave est arrivée, on en a r'sué un coup. On rentrait le soir sous la tente, on avait r'sué comme des cochons toute la journée. Pas de pluie. Dans le temps de le dire, on s'est ramassé sus la fin de la drave, l'eau était assez rare qu'on aurait presquement pu prendre les pitounes dans nos bras pis aller les porter au moulin en marchant dans la rivière.

On est descendu au village pis, manquablement, c'était aussi sec que dans le bois. Tu labourais pis tu voyais monter la poussière de la terre. Les bourgeons chessaient avant de virer en feuilles. Ça a toffé de même une bonyenne d'escousse. Je sais pus si c'est un mois ou deux, rapport que le temps nous paraissait long en désespoir.

Les semailles chessaient dans la terre. On a prié pour qu'y mouille, mais y mouillait pas plus.

On tirait le yable par la queue. Le curé avait beau dire de prier, ça faisait déjà longtemps qu'on s'usait les genoux, mais ça voulait pas tomber. Manquablement, les arbres étaient secs comme des os. J'ai été assez longtemps sus une terre, pis des années sec de même, j'en ai pas vues d'autres. Le soir, le ciel se cachait de temps en temps avec une p'tite couverte de nuages mais on savait qu'y mouillerait pas. La couverte était trop haute. Le lendemain matin, c'était aussi sec que la veille. On avait une moyenne peur, me comprends-tu... Pis un soir, y s'est mis à tonner pis à éclairer. On a tout de suite pensé au feu. On se doutait ben que la pluie serait pas assez forte pour détremper la terre. Comme de fait, ça a duré dans le plus, quinze minutes. La terre avait assez soif que l'eau rentrait tout de suite. Les éclairs déchiraient le ciel, pis le tonnerre faisait un bardas d'enfer.

Finalement, le tonnerre est tombé dans le bois. C'était sec comme de la paille, ça s'est mis à flamber comme une allumette. Dans le temps de le dire, le bois était en feu sus des milles pis des milles de long. Tous les hommes faits, les jeunesses pis les bûcheux, ont pris le bord du bois avec tous les outils qu'y pouvaient pour faire un coupe-feu; mais ça commençait juste à avoir un peu d'allure, pis le feu traversait. J'ai doutance que c'est rapport aux lièvres.

Les jeunes, astheure, savent pas ça que les lièvres ça étend le feu. C'est rapport aux tisons qui collent à leur peau, pis y les traînent au diable vauvert. En parcas, ça regardait mal que le diable. Tout d'un coup, le vent a reviré de bord pis y s'est mis à souffler pour emmener le feu au village. On s'arrachait le coeur à l'ouvrage pour y faire un revers, mais on a manqué le bateau.

Quand le feu a poigné les premières maisons, on a essayé de l'étouffer mais on était vidés tout' la gang. On avait rien que le temps de prendre nos femmes pis nos enfants, les embarquer dans les chars ou dans les charrettes, pis ça décampait. Y restait pus rien qu'à laisser aller le feu. Le village y a passé d'un bout à l'autre. Y a rien que les cheminées qui sont restées debout.

Moi j'ai pris le bord de ma terre de jeunesse, celle-là que mon grand-père m'a laissée. Comprends donc que quand chus arrivé là, la maison pas habitée depus au-dessus de vingt ans était débraillée. Je me suis arrangé avec les enfants. J'ai réparé la maison, au moins pour qu'elle soye habitable, pis on a repris notre petit train de vie comme si y aurait rien eu. On s'est habitués à notre nouveau chez-nous. On était manière de pionniers pis on avait à coeur de tirer de quoi de la terre, même si elle voulait pas toujours donner c'est qu'on y demandait.

La crise lâchait pas pis nous-autres non plus, faut ben croire. Quand t'en as arraché toute ta vie, tu te serres la ceinture, tu te bourres de sauce à poche, de ragoût pis des affaires de même. L'été on allait pêcher, on mangeait le fruit de la terre pis de notre travail. On se lamentait pas, c'était partout pareil. Y en a qui étaient plus mal amanchés que nous-autres, pis quand on s'attablait, on prenait le temps de remercier le bon Dieu de continuer à mettre du pain sus notre table. On priait même si des fois on avait envie de maudire tout le monde.

On avait été élevés à prier, ça fait qu'on priait. Je me demande même si le bon Dieu avait le temps de tout' nous écouter. Manquablement, on priait pour le remercier de ce qu'on avait, mais ben plus souvent c'était pour y demander de quoi d'autre. On le disait pas, mais tout le monde était pareil. C'est dans les manières des hommes d'en demander plus, pis on passait notre temps à demander... en cachette.

Les créatures s'arrangeaient pour faire de la mangeaille qui nous tenait debout en attendant le repas d'après. Y en avait pas qui mangeait à leur faim, ça fait que c'était vite digéré. La mi-temps de l'avant-midi était pas arrivé que les tripes te chantaient des cantiques. Quand on chantait le Crédo du paysan, on sautait des bout' rapport qu'on se sentait pas capables de les chanter. Y a des fois qu'on refaisait toute la chanson. J'ai pour mon dire que c'est normal de changer les mots quand t'as doutance de ce que tu chantes. J'aurais ben voulu voir le père Gédéon chanter dans les années '30:

Mon dur labeur fait sortir de la terre
De quoi nourrir ma femme et mes enfants
(...)
Entre mes fils, ma femme et mes filles,
Le coeur content, j'espère en l'avenir.

J'avais espoir dans l'avenir, c'est ben manque vrai, mais de là à dire que j'avais le coeur content, faudrait pas trop en mettre. Je sais ben que ça donnerait des doutances aux jeunes d'astheure de m'entendre dire ça à soir, quand y sont presquement certains qu'on était des héros. J'ai pas accoutumance de parler de même ou de dire c'est que c'était pour de vrai, la misère, toute. En seulement, je me sens esseulé comme jamais à soir pis avec ce souper-là qui veut pas passer, pis les picottements qui me travaillent le bras gauche, j'ai pas envie de fleurir la vérité. De toute façon, y a personne pour l'entendre.

Quand Noël arrivait, année après année, crains pas qu'on brûlait la bûche. On ramassait la cendre puis d'un an à l'autre, le plus vieux qui restait dans la maison montait sus le toit avec la cendre pis y en mettait une poignée sus la maison, y vidait le reste en l'air aux quatre vents pour qu'elle s'étende sus toute la terre. Mais ça arrangeait pas l'affaire.

C'est une autre tradition qui se voit pus, ça. Astheure tu parles de ça avec un jeune, pour lui, la bûche de Noël, c'est des gâteries. Dans le temps, c'était sacré. Autant que la bénédiction du Jour de l'An ou la guignolée. On a pas voulu apprendre la vie aux enfants, eux-autres ont pas voulu qu'on leur montre. Après ça, on est surpris qu'y pensent pas comme nous-autres.

Un moment donné, la guerre a repoigné dans les vieux pays. À Chicoutimi pis à Rimouski, le monde avait doutance que Mackenzie King laisserait pas passer sa chance de faire comme Borden puis qu'y déclencherait la conscription, y ont brûlé le drapeau anglais sus la place. Moi si j'étais plus en âge de me faire envoyer sus le front, y avait trois de mes enfants qui l'étaient. Charles pouvait pas y aller, rapport qu'y avait endossé la soutane, mais Conrad pis Jacques, eux-autres, étaient en masse vieux pour y aller par exemple.

Jacques a fait la même affaire que d'autres, y s'est sauvé dans le bois, mais les M.P. avaient le nez long pis y allaient les chercher. Apparence que des places, y allaient avec des chiens, que Conrad m'a raconté. Conrad, lui, y s'est enrôlé de lui-même. En parcas, y en avaient dix mille d'embarqués sus les listes pis quand y ont fait les rappels, y en manquait proche huit mille. Duplessis savait que c'était sa carte à jouer. Si vous remettez les libéraux au pouvoir, qu'y disait, vous allez avoir la conscription la même affaire qu'en '17. Y avaient promis qu'y s'opposeraient mais y ont été les premiers à l'accepter.

Les libéraux disaient qu'y avaient la promesse de Mackenzie King, pis le monde a été assez sans-génie qu'y ont voté pour eux-autres. Promesses? Promesse d'Anglais ou promesse d'ivrogne, c'est du pareil au même. Tu peux pas te fier plus à un qu'à l'autre.

À l'automne de '39, j'ai su que mon père était mort. J'étais allé le voir deux jours avant. Ça m'a fait curieux, rapport que je savais que c'était un gros morceau de ma vie d'enfant qui partait, un petit brin comme si quelqu'un aurait sarclé dans mon enfance. En seulement, je peux pas dire que ça m'a reviré comme quand mon grand-père est mort.

J'allais le voir à toutes les semaines, mais c'était presquement comme un de mes oncles. Mon enfance était trop loin, pis surtout trop loin de lui. Comme y s'était donné à Philémon, nous-autres on avait rien à dire, surtout pas moi. J'avais eu la terre de mon grand-père, la grosse part du gâteau.

Manquablement, ça faisait mon affaire. À part de bûcher, pis être habitant, je sais rien faire. Tu peux pas tout savoir. Je regarde Philémon qui a eu le magasin général à mon père, y aurait pas pu être habitant, y avait pas la santé. Ça a l'air de rien d'être habitant astheure mais dans le temps, avec la crise, ça prenait un gars toffe pour être capable de travailler avec l'estomac presquement creux. Lui y aurait pas été capable.

Quand est arrivé 1940, Ottawa a décidé que les ceuses qui étaient mariés verraient pas le front, mais va donc te fier à un anglais pour une affaire de même... En parcas, ça s'est mis à courir d'un bord puis de l'autre pour se rendre à l'église la plus proche. Ça venait juste de se connaître pis c'était prêts à se marier. Y ont appelé ça la Course au Mariage. À Montréal, rien que dans un avant-midi, y en a eu au-dessus de cent dans la même paroisse qui se sont juré de s'aimer pour la vie.

Manquablement que ça changeait pas grand-chose à l'affaire. Y en a un bon paquet que, "pour le reste de leur vie" ça voulait pas dire grand-chose, rapport que leur vie a été joliment écourtichée. Ça se mariait pour pas aller au front, mais la première affaire qu'on a su, c'est qu'Ottawa faisait la conscription pis ceuses qui s'étaient mariés avaient rien que le droit de rallonger leur lune de miel, rapport qu'y partaient pareil. Y avaient presquement pas eu le temps de se connaître, pis avant de se rendre compte qu'elles étaient mariées, y a ben des créatures qui se ramassaient veuves. Ça faisait pitié à voir. Les jeunesses disaient qu'y partaient pour quelques jours, mais ça chantait pus la même chanson quand y arrivaient de l'autre bord. Si un jeune revenait avant son temps, c'est qu'y était éclopé.

Les ceuses qui allaient pas faire la guerre c'était les habitants pis leurs enfants. De temps en temps les M.P. passaient dans le village pis y en accrochaient un. Son père avait beau être habitant, quand ça leur poignait, y apostrophaient le premier du bord puis y l'emmenaient à Longue Pointe. Y les dressaient puis y les envoyaient se faire tuer. Des fois y en poignaient un de seize, dix-sept ans, pis y retournaient un petit carreau d'aluminium à son père, avec le nom marqué dessus. Y envoyaient ça avec une lettre qui disait que leur enfant était mort au champ d'honneur en combattant les ennemis de sa majesté le roi.

C'est tout ce qui restait de l'enfant: un petit carré d'aluminium. Moi j'ai été chanceux, mes enfants l'ont fait; Conrad pis Jacques; les deux sont revenus. Conrad a perdu un bras, mais c'est tout. On avait beau essayer des grandes veillées de le faire parler, y avait rien à faire. Jacques est revenu avec tous ses morceaux pis y a sorti de l'armée. Y s'est trouvé une place au chantier maritime à Lauzon. Conrad, comme y pouvait pus rien faire, y est resté dans l'armée. Y y ont donné de l'argent à cause de son bras, mais de l'argent, t'as beau en donner tant que tu voudras, ça vaudra jamais un bras, qu'y disait.

C'est certain, mais apparence qu'y en a qui ont rien eu pour des bras, des jambes ou des yeux perdus. Les ceuses qui mouraient au front, le gouvernement donnait de l'argent à leur veuve ou bedon à leurs parents. Quand t'as passé vingt ans de ta vie avec des enfants que tu perds à la guerre, t'as envie de sacrer après elle pis de la maudire.

Moi, je l'ai jamais fait. Même si y en aurait une astheure, chus ben trop vieux. En parcas... après Normandie pis tout ça, quand y ont annoncé, le 11 novembre '45, que c'était fini, moi, je connais un gars qui avait cinquante-huit ans dans le temps pis qui était joliment fier. Moi!

Conrad était revenu ça faisait presquement un an, rapport au bras qu'y avait perdu. Y a passé un bout de temps à l'hôpital. Y est parti pour l'école que l'armée avait ouvert pour les ceuses qui s'enrôlaient. Y a été professeur un bout de temps, après ça, y est allé travailler dans un bureau à Ottawa jusqu'à sa retraite en '65. Y avait quarante-huit ans. C'est pas la même affaire que les civils; dans l'armée, quand t'as fait tes vingt-cinq ans de service, tu sors avec une grosse pension.

Jacques est revenu au commencement de décembre '45. Y était assez écoeuré... le gouvernement y a offert de rester dans l'armée. Comme Conrad. Mais y avait pas de danger qu'y accepte. Y disait qu'y avait trop peur d'être poigné avec une autre guerre. Manquablement, si y aurait pas fait ça, y aurait ben manque été poigné avec la guerre de Corée dans les années '50. Conrad, y avait pus de danger, rapport à son bras, mais Jacques était en bonne santé pis y avait tout' ses morceaux.

Quand est arrivé le Jour de l'An '46, les enfants sont tout' venus à la maison. Y avait tout' ceuses de mon premier lit pis les quatre premiers du deuxième lit. Dix en tout' qui étaient partis. Évangéline avait pas eu d'enfant depus '38, l'année que Gilbert est venu au monde. Mon dernier avait sept ans fait.

Après qu'y a eu dit sa messe, Charles est arrivé à la maison. Comme c'était le plus vieux des garçons, y a réuni les enfants dans le salon, pis y m'ont appelé en se mettant à chanter:

C'est le Jour de l'An, la famille entière
Au pied de la croix s'est mise à genoux...

Manquablement, y voulaient la bénédiction paternelle, les yeux me roulaient dans les larmes; j'ai commencé à chanter moi itou, avec des mottons dans la gorge, comme à soir, rapport que j'avais envie de brailler en voyant tous mes enfants réunis de même. Ça faisait une escousse que je les avais pas tous vus au Jour de l'An. J'aurais voulu chanter d'autre chose, mais les mots me manquaient. J'ai chanté la seule chanson qui me venait à la tête, la seule qui avait encore un sens c'te journée-là.

"...Le père se lève après la prière
Voici qu'il dit d'un air grave et doux:
Sang de mon sang, fils de ma race
Aujourd'hui groupés sous mon toit,
De vos anciens, suivez la trace
Demeurez gardiens de la foi
Sachez conserver les usages
Légués jadis par les aïeux;
Gardez surtout notre langage
Notre parler mélodieux
Du Canada, terre chérie,
Soyez tous les fiers défenseurs
Si l'on attaque la patrie
Dressez-vous contre l'agresseur.
Mon front s'incline vers la terre,
Mes pauvres jours sont bien finis.
Pensez à moi dans vos prières.
Allez, enfants, je vous bénis."

Comme toutes les fois que j'ai chanté c'te chanson-là que mon grand-père m'avait montrée dans mon jeune temps, ça a fini dans les larmes. Je sais pas pourquoi, chus pas capable de la chanter sans avoir envie de brailler comme un veau. De la chanter à soir, ça me rend pas plus le coeur gai. Je me demande même si ça me rend pas plus esseulé, plus jonglard. Ça fait des années que j'ai pas donné la bénédiction au Jour de l'An. Je vas-tu la redonner? Ça fait au-dessus de dix ans que les enfants sont pas venus la demander. Quand arrive le Jour de l'An, à tous les ans, je me mets à genoux pis je la chante. Si

Évangéline serait encore avec moi, j'y donnerais la bénédiction; mais elle itou est partie, v'là presquement trente ans.

Astheure, les familles où la bénédiction se donne encore sont rares. Moi, de mon bord, ce serait ben malaisé de la donner quand pus personne vient. Je sais qu'y en a qui peuvent pas venir à tous les ans. Charles a ses paroissiens à voir, pis quand y a dit sa messe, confessé pis donné la communion à toutes les messes, y reste pus de temps pour penser à lui le Jour de l'An. Encore ben moins pour penser à moi.

Armande pis Marguerite sont au couvent. Depus qu'elles ont fait leurs voeux, elles sont pas sorties une fois. De temps en temps, quand j'étais encore capable, j'allais les voir. Astheure que chus trop vieux, j'ai pus de nouvelles. Elles sont-y mortes ou rendues mères supérieures, je le sais pas. Les enfants vont pas les voir, ça fait que j'ai pas de nouvelles d'elles. Jamais...

Je sais pas c'est que je peux ben avoir, mais je me sens tout drôle; je me sens étourdi, les oreilles me silent pis j'ai mal à la tête comme c'est pas disable. Je pense que je me sus pas senti fatigué de même de toute ma vie, même dans le temps que je donnais des grosses journées d'homme sus la terre. Pis j'ai mal au ventre, mon souper m'a resté sus l'estomac. C'est ça de manger des cochonneries en canne, c'est fait pour t'empoisonner.

C'est c'te automne-là que j'ai arrêté de bûcher. Mon Évangéline voulait rien savoir que je parte pour le bois en septembre, pour revenir au mois de janvier. Ben croire que quand est venu le temps de prendre le bord de la rivière au printemps, c'était encore pire. Y était pas question que j'aille au-devant de la mort encore une fois, qu'elle disait. J'avais beau y dire que ça faisait proche cinquante ans que j'allais au-devant à tous les ans, que c'était pas c'te année-là que je la rencontrerais, elle a pas voulu me laisser y aller. Elle disait qu'y faut pas jouer avec le destin pis avec la mort. Ça me faisait rire, rapport qu'elle me faisait des remontrances à tous les automnes quand je prenais le bord des chantiers, mais elle était jamais allée si loin que ça.

On aurait presquement dit qu'elle avait peur que je la triche avec la mort. Je l'ai jamais fait avec une autre créature, c'est pas avec la mort que j'avais envie de découcher. Je dis pas que j'ai jamais eu goût de rencontrer une autre créature. Chus pas plus innocent qu'un autre; moi itou, j'ai été fou des créatures, pis j'étais capable de regarder quand j'en voyais une à mon goût. En seulement, jamais une autre femme qu'elle a partagé mes couvertes. À part Emma, ma première femme.

Je l'ai taquinée en y demandant si elle avait peur que je la trompe mais elle a pas trouvé ça drôle. Elle m'a dit que j'étais trop vieux pour jouer les écureux sus la pitoune. Moi, j'étais pas d'accord, rapport que je connaissais des bonhommes pas mal plus vieux que moi, qui bûchaient pis qui montaient encore à la drave au printemps.

En seulement, si dans les autres maisons le dicton disait que ce que les créatures veulent, le bon Dieu le veut, chez-nous c'était pas tout à fait la même affaire. C'était plutôt "ce que le bon Dieu veut, la créature, elle, à l'exige". Quand elle avait décidé qu'elle voulait de quoi, fallit plier.

Ça fait que la dernière année que chus allé à la drave, c'est au printemps '45. Après ça, les autres années, à la place de bûcher, je m'arrangeais pour trapper durant l'hiver. C'était pas toujours des bonnes années, t'allais tendre tes collets à lièvres pis ça forçait pour pas te poigner dans les collets des autres.

J'ai fini par m'écoeurer de donner mes places de trappage à tout chacun; quand j'en trouvais une, je la gardais pour moi. Les ceuses qui voulaient prendre autant de gibier que moi avaient, après tout, rien qu'à faire la même affaire. J'étais pas pour tout leur montrer, pis me faire voler mes pièges quand j'avais passé des semaines à les préparer.

Astheure, les jeunes, s'achètent des pièges pis y se demandent pourquoi y sont pas capables de poigner d'animaux. C'est pas malaisé, quand tu veux poigner un loup ou bedon un renard, y faut que tu soyes plus intelligent que lui. Le monde plus intelligent que les animaux est de plus en plus rare, c'est normal qu'y poignent de moins en moins d'animaux. Quand j'ai commencé à trapper, je faisais presquement autant d'argent avec mes pelleteries que dans une saison de coupe pis de drave, les deux ensemble. Je tuais pas pour le fun, par exemple. J'ai toujours chassé pour mes besoins, j'ai trappé de la même manière.

CHAPITRE — IV —

Pour faire attention à moi, mon Évangéline, était dépareillée. Elle aurait été mieux de moins s'occuper de moi pis un peu plus se surveiller. C'est vrai que j'y donnais pas de chance de se reposer. Une vraie folle quand elle faisait le train, la sueur y pissait dans la face, j'avais beau y dire de se dénerver, quand on venait pour se coucher, elle était vidée.

Y a des fois que je pouvais pas faire autrement, je l'engueulais pis j'y disais qu'elle était pas raisonnable. Si elle aurait fait attention à elle, la moitié comme à moi, elle aurait pas eu de problèmes à vieillir. Pas plus que moi, mais elle disait que c'était normal de faire attention à moi, rapport que c'était moi qui rapportait l'argent à la maison, pis qui mettais le pain sus la table.

La belle affaire. Des fois je me choquais noir, j'y disais qu'elle travaillait plus que moi mais c'était une vraie tête de cochon. Sa mère avait ben raison, quand j'ai fait la grande demande, elle disait "Évangéline Meilleur, c'est la meilleure tête de cochon que tu pourras jamais trouver quand le boucher ira chez-vous".

Tiens, c'est une autre affaire qui a changé, les bouchers. Dans le temps, le boucher venait à la maison avec un camion comme celui-là du lait, pis y te vendait c'est que t'avais besoin. Chez-nous, y arrêtait pour jaser. Y savait que, comme j'étais habitant, j'avais pas besoin de viande. Quand j'avais besoin d'une poule, j'allais dans le poulailler avec la hache, pis je me servais.

Y avait pas de frigidaire comme astheure, on pouvait pas acheter la viande un an d'avance. Le boucher passait à toutes les semaines. Quand y arrivait chez-nous, y nous racontait c'est qu'y se passait au village. Y prenait des nouvelles de chez-nous itou, pis quand y repartait au bout d'un quart d'heure, y ramassait son sac de nouvelles qui était encore plus gros que quand y était arrivé, y s'en allait l'étaler chez le voisin, pis y faisait ça de porte en porte.

Les nouvelles qu'y nous emmenait étaient pas toujours comme ça y avaient été donné, y était ratoureux pis y aimait renchérir. Menteux comme un arracheux de dents; quand la nouvelle était pas assez belle pour lui, y l'emmitouflait dans ses mots, y brodait une histoire autour. Manquablement si on aurait eu rien que lui pour nous donner les nouvelles, y a des fois qu'on les aurait appris de travers en verrat. En seulement, on avait du fun avec. Quand y partait, fallait que t'en prennes pis que t'en laisses dans c'est qu'y avait dit. Des fois, y fallait que tu laisses tout de côté rapport qu'y avait trop menti. Y avait des fois que tu te disais: c'est pas possible, y peut pas avoir inventé ça, ça doit être vrai. Ben c'est là qu'y t'avait passé un sapin.

Un bon matin, après avoir fait le train, chus rentré à la maison pour déjeuner puis j'ai demandé à Évangéline c'est qu'elle avait à être cernée de même. Elle avait l'air de quelqu'un qui a passé sa nuit sus la corde à linge. Mais ma tête de cochon m'a dit qu'elle avait rien. Je savais ben qu'elle avait de quoi, rapport que ça faisait une escousse qu'elle pâlissait. Manquablement, j'avais doutance qu'elle allait pas si ben que ça, mais va donc essayer de faire parler un mur.

J'y ai dit de se préparer, quand on aurait fini de dîner je l'emmènerais voir le docteur. Ça m'inquiétait. Dans vingt-cinq ans de mariage, y a ben des affaires que t'apprends à connaître d'une créature. C'est pas long que tu la connais de long en large.

Elle voulait pas y aller, mais je me suis choqué. J'y ai dit que c'était moi qui portais les culottes pis qu'elle était pas amanchée pour me ronner. Ça m'achalait, c'était la première fois que je me choquais pour de vrai avec elle. Mais quand je repense aux vingt-cinq ans passés avec elle, c'est pas vrai que c'était moi qui portais les culottes. Ben le contraire.

Elle avait rien qu'à me flatter dans le sens du poil, pis elle me faisait faire tout ce qu'elle voulait. Elle m'aurait dit d'aller me jeter à l'eau, je pense que j'y aurais été. Mais c'te fois-là j'avais pas idée d'y laisser le dernier mot.

Elle a essayé de me faire changer d'idée, rapport que j'avais commencé ma journée de bonne heure pour finir plus vite parce que je voulais fêter la St-Jean pis aller voir les chars allégoriques. Mais des St-Jean, y en avait à toutes les années, pis j'aurais pus jamais d'autre Évangéline. Mais elle était boquée comme une mule.

En parcas, chus retourné aux bâtiments pis j'avais pas envie de changer d'idée. Je l'emmènerais voir le docteur. J'ai passé mon avant-midi à jongler en me demandant c'est qu'elle pouvait ben avoir. Je maudissais mon ignorance, rapport que j'aurais voulu être comme mes enfants, comme tous les enfants d'astheure, tout connaître, tout savoir, mais je savais rien. Rien en tout. Quand chus revenu dîner, mon Évangéline était étendue à terre, raide morte. J'ai braillé à m'en noyer les yeux.

Des jours pis des nuits de temps à attendre la fin de c'te vie-là qui achevait pus de pas vouloir finir. J'avais beau arrêter de manger, les enfants me forçaient; y prenaient soin de leur vieux bonhomme comme jamais après. Tant que j'ai pas été consolé. On finit tout le temps par se consoler, chus pas mieux ni pire que les autres. Ça a pris du temps, mais c'est venu à force de chercher à faire autre chose. Je me sus jamais remarié.

Quelques années après, Conrad est venu faire un tour à la maison. À chaque fois, on y demandait comment y faisait pour s'arranger rien qu'avec un bras; y s'est décidé à parler. Je sais pus trop si y l'avait dit ou si y l'avait écrit à son boss à Ottawa. En parcas, j'avais jamais entendu parler de la guerre dans des mots de même. Je les ai toujours gardés en souvenance.

"Je veux pas commencer de chicane politique, qu'y dit, en seulement j'ai trente-huit ans pis chus soldat de métier, rapport que personne a voulu me donner de travail. Mon père était un petit habitant qu'a eu son lot de misère, presquement aussi pauvre qu'un quêteux. Moi itou, j'ai été volontaire. J'ai perdu mon bras gauche. Ça a pas été une bonne affaire.

"J'en ai vus des morts tout défaits sus des tas de roches; tout le monde pris de tourments qui regarde au ciel, pis qui prête une écoute en attendant la prochaine alerte. La pauvreté, j'ai connu ça itou. Assis en rangs d'oignons pour avoir le minimum pour pas crever de faim. Courir d'un bord pis de l'autre en essayant de parer les balles qui te sifflent le long des oreilles.

"Des jeunes Allemands qui r'suaient la peur, j'en ai vus. Des canadiens itou. Le maquis itou, je sais c'est quoi. Y a des fois que tu peux pas faire autrement que de te cacher, rapport que t'as peur. J'ai vu des jeunes Italiens se rendre, des Juifs te regarder avec un bout de mort accroché aux lèvres. J'ai connu itou c'est quoi que de voir un pays libéré. J'ai vu c'est quoi la misère pis la peine, les larmes pis les rires. J'ai vu c'est quoi quand les Allemands entrent dans une ville en disant qu'ils veulent tout le monde couché à plat ventre dans la rue, face contre terre.

"Refaire le chemin à reculons pis oublier tout c'est que t'as vu, tout ce que t'as entendu, oublier que toutes les fois que je me couchais, la mort était ma compagne, celle-là qui avait réchauffé mon lit depus que j'étais parti; je pourrai jamais le faire, avec la meilleure volonté du monde. C'est marqué dans ma tête pour le reste de ma vie.

"Après ça, recommencer à neuf, reprendre les champs désertés depus trois ans, des fois plus, c'est pas facile. J'en connais gros qui y ont laissé leur santé, leur vie même. Moi, avec rien qu'un bras, j'étais pas capable. Pourtant, ça avait continué de travailler chez-nous. Mais se faire à l'idée que t'as pus rien qu'un bras pour travailler la terre, je me voyais pas le faire.

"À entendre parler le monde du débarquement de Normandie quand y a eu Dieppe, Pearl Harbour, pis ben d'autres places qui ont pas eu d'histoire, on dirait que la guerre '39-45 a été faite rien que sus les plages de Normandie. Ils me font rire avec tout ça. Ça me choque un brin itou. On dirait presquement qu'y a personne qui a été tué à Dieppe. Je le sais ben qu'au matin du 6 juin '44, c'était une victoire importante, mais la guerre s'arrête pas à la seule Normandie.

"Je voudrais ben que les jeunes puissent voir dans mon coeur tous les albums que j'ai rapportés de souvenirs de guerre. Y trouveraient ça moins drôle, pis y respecteraient peut-être un petit brin nos idées là-dessus. C'est vrai que j'ai jamais voulu en parler avec personne. J'ai essayé d'oublier ce goût de souffrance pis de misère qui m'est resté dans la bouche quand la guerre a fini. C'est peut-être ben pour ça que j'aurais voulu mourir sans voir une autre guerre que celle de '39-45 ou celle de Chypre. Si ça continue, avant la fin du siècle, on va en avoir une autre.

"C'est pas que je la souhaite, ben loin de là, mais qu'on le veuille ou non, on aura pas le choix. J'ai pour mon dire que si y a moyen, j'aimerais presquement autant pas la voir. J'en ai déjà de reste de la voir venir sans en plus la voir", qu'y disait.

Quand t'entends ton enfant parler de même, tu te dis que la guerre c'est une belle écoeuranterie. Moi, je savais pas c'est que ça avait l'air, rapport que vivre la guerre dans tes champs pis la vivre avec un fusil pis la baïonnette dans les mains, c'est pas la même affaire. Moi, j'en ai connu plus que Conrad mais pas de la même façon. Quand y en parlent au radio y s'amanchent pour te montrer ça beau. En seulement, quand tu sais c'est qui se passe pour vrai, la face te rallonge. J'ai jamais pu oublier la manière que Conrad en a parlé ce soir-là. C'était trop poignant.

On travaillait dur pis on avait pas toujours la satisfaction d'avoir la récompense au bout. Des années que la graine pourrit ou chesse dans la terre rapport qu'y a trop de pluie ou de soleil, des petites récoltes à cause d'un hiver trop dur à se décider de venir, on en a eu itou. Mais on se plaignait pas. Y a rien que les politiciens pour nous faire penser à chiâler. C'est normal rapport que j'ai doutance qu'y sont habitués de chiâler le ventre plein.

Duplessis arrêtait pas de chiâler après Ottawa; y a décidé de lever des impôts lui aussi. On payait deux fois, ça fait qu'on payait cher pour rien. Tout le monde payait. Y a pas personne qui était content, mais y en avait jamais qui regimbait. À chaque élection, on se disait qu'y perdrait un pain de sa cuite, mais y s'en sauvait toujours avec les mêmes arguments.

Si y serait pas mort, y serait peut-être ben encore au pouvoir. Y nous a apporté des bonnes affaires; c'est à cause de lui si la province a eu son drapeau presquement vingt ans avant le Canada. C'est lui qui nous a débarrassé le plus longtemps des libéraux. Quand y se choquait contre Ottawa, là-bas c'était pas long qu'y voyaient qui c'est qui était le chef à Québec. En seulement, y a fait des affaires qui étaient pas correctes, lui itou. Y a ben manque dit, avant de prendre le pouvoir en '36, que n'importe quel gouvernement, qui avait été quinze ans au pouvoir était noir comme du charbon pis pourri jusque dans les os. Lui, y a été dix-neuf ans premier ministre de la province.

Un moment donné y a été faire un voyage au Labrador; y en a profité pour casser sa pipe. Y est tombé raide mort. Y en a qui ont dit que c'était les Anglais qui l'avaient tué, mais c'est tout des racontages, ces affaires-là.

On sait pas c'est que le monde sont capables d'inventer pour te faire des peurs. C'était de même, pis ça a pas changé. Pis ça changera pas non plus. De toute façon, comme dirait Charles, plus ça change, plus c'est pareil.

CHAPITRE — V —

Quand sont arrivées les années '60, les libéraux ont repris le pouvoir, avec Lesage en tête, pour faire c'est qu'y ont appelé la révolution tranquille. J'ai des petites nouvelles pour eux-autres. Je sais ben pas si c'est que le vent était tombé, mais comme révolution, c'était malaisé d'être plus tranquille.

Le père Duplessis était pas plus tranquille dans sa tombe. Y ont dit que la révolution se faisait dans les écoles. Facile à dire à un gars comme moi; quand t'as jamais mis le pied à l'école du rang, tu peux pas savoir c'est quoi les changements. Y ont pour leur dire qu'y ont fait des gros changements. C'est-y vrai, c'est-y pas vrai? Y a rien que le yable pis les libéraux pour le savoir. Manquablement, y ont fait des changements, y les ont toutes fermées, les écoles de rangs.

Y a le p'tit Lévesque, le jeune qui écrivait dans la gazette de la Gaspésie; y a peut-être ben de l'instruction mais comme politicien, y connaissait pas grand-chose, rapport qu'y s'est amanché avec son chef pour acheter, pour le gouvernement, les compagnies d'électricité. Y a dit que c'était pour payer moins cher. C'est nous-autres qu'a payé ça pis y continuent à nous vendre l'électricité même si les pouvoirs sont à nous-autres. C'était une bonne affaire pour eux-autres, mais pour nous-autres, c'est une autre paire de manches.

Pas mal partout, mais plus dans le coin de Montréal, y a des têtes fortes qui ont commencé à se monter contre le gouvernement pis contre les libéraux. Comme de raison, Lesage aimait pas ça, mais y essayait de tenir la barre comme y pouvait. Y a fini par réussir à faire deux termes. En seulement durant ses deux mandats, y s'est passé ben des affaires.

Un bon samedi, les enfants sont arrivés à la maison. Ça faisait une escousse que je les avais pas vus ensemble. D'habitude je les voyais ensemble rien qu'au matin du Jour de l'An, quand y venaient pour la bénédiction. Comme Charles est le premier des garçons, c'est lui qui a parlé pour les autres.

Manquablement, lui ça y faisait moins de quoi, rapport qu'y était curé dans sa paroisse. Le diocèse s'occupait de lui amplement. Là, y s'est mis à parler comme si y aurait été paré à faire un sermon. Y voulait que je ferme maison rapport que j'étais tout seul là-dedans, depus les noces de Gilles. Veuf depus '49, on était rendus en '63.

Quand je repense à ça, la plaie me fait encore aussi mal que si mon Évangéline serait morte hier. J'ai beau essayer de l'oublier, chus pas capable. C'est plus fort que moi. C'est comme si j'aurais un clayon de clôture enfoncé dans le coeur, pis des soirs comme à soir, si je me retiendrais pas, je crois ben que je braillerais comme un enfant.

Voir partir les autres, ceux-là que t'as aimés, c'est plus fort que toi, t'es pas capable. C'est toujours la même histoire pis comme je commence à me faire vieux, plus ça va aller, si je meurs pas ben vite, plus je vas en voir mourir au travers de ceux-là que j'ai connus, que j'ai aimés.

Faut pas que je m'écrase avec toutes ces souvenances-là rapport que c'est un vrai enfer de voir partir quelqu'un que t'as aimé. Quand tu vieillis, je sais pas si c'est que t'as le coeur plus tendre ou si c'est que t'as moins de force, mais moi chus de moins en moins capable de me cacher quand que j'ai envie de brailler. Quand ça vient, faut que ça sorte.

En seulement, je reviens à l'affaire de Charles; les enfants se sont mis à me faire des remontrances rapport que je vivais tout seul dans c'te maison-là, pis y disaient que c'était rien que bon à me faire jongler. Y voulaient que j'aille passer quelques temps avec d'autres vieux. M'a vous montrer si chus vieux, que je leur ai dit. Y se sont dépêchés de me faire voir que j'avais soixante-quinze ans, que j'étais trop vieux pour m'occuper tout seul d'une grande terre comme ça.

En parcas, j'ai fini par accepter quand y m'ont dit que, si j'aimais pas ça, y reviendraient me chercher pis j'irais finir mes jours chez un ou l'autre de mes enfants. Y ont dit qu'y voulaient pas m'emprisonner, que c'était pour moi qu'y faisaient ça, pis toutes sortes d'affaires. Finalement, j'ai accepté. Je me suis vite rendu compte que c'était pas parce que eux-autres me montraient ça intéressant que ce l'était pour autant. Manquablement y m'avaient mis ça beau.

Comment veux-tu parler de quelque chose que t'as pas connu. Y essayaient de me montrer que c'était le fun de vivre dans un foyer de vieux, mais quand t'as jamais resté là-dedans, tu peux pas savoir c'est qu'y se passe. Ça a pas été long que j'ai vu qu'y m'avaient envoyé là pour finir mes jours.

On va venir vous voir, qu'y disaient. La belle affaire! C'est plus vite dit que fait. Après ça, ça voudrait que tu leur fasses confiance. Pour c'est qui est de revenir me chercher pour finir mes jours au travers de mes petits-enfants, ça fait longtemps que j'en ai fait mon deuil. Depus une escousse, je me sus fait à l'idée qu'y vont me laisser crever tout seul. Comme un rat.

J'aurais pas dû me laisser faire. Si j'aurais été intelligent, je serais resté à la maison. Icitte, y a toujours un docteur quand ça fait pas mon affaire, le curé du village qui vient pas faire son tour, rapport que le curé du village, c'est Charles. Mon Charles! Y vient pas, y a peur de me rencontrer. En tous les cas, c'est la doutance que j'ai. Y envoye le vicaire à sa place.

Y a pas de danger qu'y vienne. Une fois, c'est lui qui m'a donné la communion quand chus allé à la grand-messe. Y est venu rouge comme une tomate. Pour moi y avait honte de moi. Après, quand chus retourné à la messe, je m'arrangeais pour pas qu'y me voye. Dire qu'y fait des prêches contre Judas qui a vendu Notre-Seigneur pour quelques cennes. Lui y a renié son propre père pis y en a même pas retiré une cenne noire. Sans coeur!

Je peux pas y lancer la roche, y est pas tout seul. C'est pas lui que je bâdrais le plus, lui y était dans son presbytère pis c'est ses paroissiens qui le faisaient vivre. C'est les autres qui en voulaient à ma terre. Quand je l'ai eu vendue, y sont venus chercher leur part, pis là, y viennent pus jamais. Quasiment jamais. Après ça, y diront que l'argent attire pas les loups. Encore chanceux. Si y faudrait...

Manquablement, y me restait pus rien à faire du jour au lendemain, je me suis mis à regarder vivre les autres, vu que moi j'avais pus le droit de vivre.

Les libéraux sont revenus pour nous avoir une autre fois. Moi, j'allais pus voter. Ça vaut pus la peine de voter quand tu te dis qu'en votant, tu te contentes de choisir les voleurs qui vont te déculotter. Ceuses qui sont dans l'opposition te disent que le gouvernement est croche; quand les élections arrivent, tu mets l'opposition au pouvoir. Ben ça fait pas une semaine l'opposition dit que le nouveau gouvernement encore plus croche que ceux-là qui étaient au pouvoir avant.

Avec tout ça, c'est que tu veux croire? Faut que tu fasses confiance à quelqu'un. Croire un politicien, c'est aussi pire que de se remettre à croire à St-Nicolas comme quand j'étais petit.

Astheure, les enfants connaissent pus St-Nicolas. Pour eux-autres, les parents donnent pas de cadeaux à Noël, c'est le Père Noël qui les donne. Je me demande pourquoi faire qu'y l'ont pas appelé le père Eaton, parce que c'est pas la fête des enfants comme dans le temps, c'est celle-là des magasins. C'est la fête des vendeurs de boisson. Dans le temps, c'était des bootleggeux, astheure, y font ça avec la loi de leur bord, rapport que c'est le gouvernement qui la vend. Après ça, y diront qu'y encouragent pas le vice, que le gouvernement est pas croche.

Les libéraux sont pas rouges comme l'enfer pour rien, t'as qu'à ouère. Encore chanceux d'avoir eu l'Union Nationale pour couper leur temps, autrement ça ferait quinze ans qu'y sont au pouvoir.

C'est de valeur qu'y aye pas toffé, le petit Johnson. On a vu qu'y était allé à l'école à Duplessis. Ça faisait assez longtemps qu'Ottawa nous écoeurait, y leur a dit de nous donner notre indépendance si y étaient pas capables de nous voir sus le même pied qu'eux-autres. De toute façon, depus la confédération, y nous ont jamais vus comme leurs égaux. Y ont trop peur de la poignée de Canadiens-français qu'on est. La même affaire qu'avec les indiens. Y les ont volés aller-retour, rapport qu'y étaient plus d'Anglais qu'y restait d'indiens, autrement, y les auraient jamais eus.

Les Anglais, c'est leur fort, se battre en gamique. Tout seuls y ont peur. Manquablement la même affaire que Bourassa en '70. Le verrat, y avait peur à sa place même si y venait juste de prendre le pouvoir. Damnée charogne! Pas capable de se défendre tout seul. Y a toujours eu besoin des autres, pis y en aura toujours besoin. Si ça aurait pas été de son beau-père, jamais y aurait pris la tête du gouvernement à Québec, rapport qu'y était trop feluette pour ça. Lui, c'est sa bavette pis ses mitaines à lacets; le reste, c'est trop pour lui.

Pour faire marcher le monde, y leur a promis un tas d'ouvrage. Pis y ont été assez innocents qu'y l'ont cru. Manquablement, le lendemain des élections, y s'en rappelait pus, parce qu'y a jamais tenu sa promesse. Va donc essayer de donner de l'ouvrage à tout chacun de même. Ah! Si tu comptes l'ouvrage qu'y a donné à l'armée durant la crise d'octobre, y a ben dû la friser sa promesse. En seulement, c'est pas tout à fait ça qu'y avait promis. Y a donné des dettes à la province, itou, avec sa Baie James.

C'te affaire-là, la Baie James, c'est la fois que le gouvernement a ri le plus des indiens dans leur face. Manquablement, y leur a fait des promesses, la même affaire qu'y a fait aux blancs. "On va vous donner de l'argent." Mais ça vaut quoi, l'argent, quand tu penses à ce qu'y font avec.

Le gouvernement paye un terrain qu'y a pas besoin avec l'argent qu'y nous ôte de sus notre paye avant même qu'on le voye, y fait des pouvoirs électriques dessus qu'on va encore payer avec notre argent, pis après ça, y nous vend l'électricité. C'est qu'on a pas besoin, y le vend aux Etats puis y garde l'argent. Au plus fort la poche, le plus faible, lui, y se ramasse avec la galette.

Si au moins y aurait fait un achat propre; même pas. On dirait quasiment que quand y marchandent avec les indiens, y se prennent pour des juifs, rapport qu'y les fourrent cent milles à l'heure. Après ça, y te demandent d'arrêter de te moquer des indiens. Bout de verrat, qu'y commencent donc par donner l'exemple avant de dire au monde de regarder les indiens comme des égaux.

Ça fait des sermons puis des procès au monde, rapport qu'y prennent pas les indiens pour des égaux, mais y sont encore pires. Bourassa, le tire-aux-flancs, si son beau-père y dit pas que c'est correct, y est pas capable de se mouver. Après ça, y se demandera comment que ça se fait qu'y va perdre un pain de sa cuite aux élections, si le monde se réveille un de ces quatre matins.

Que c'est qu'y a fait pour protéger les Canadiens-français du Québec? Y en a autant fait avec sa Loi 22 que les Anglais ailleurs en font pour sauver le français. Quand t'as des amis comme ça, t'as pas besoin d'ennemis. En seulement, j'le dirai pas, rapport que j'ai pus l'âge de me pavaner devant les juges qui portent la perruque par-dessus leurs vrais cheveux. On dirait qu'y ont peur de se faire reconnaître en débarquant de leur chaise haute. Je dirai pas à Bourassa qu'y sait pas s'occuper de ses affaires, rapport qu'y est capable de me traîner devant les juges. C'est tout ce qu'y sait faire. Y a jamais appris à se défendre tout seul.

En seulement, que je le rencontre jamais icitte, parce que j'y garde un chien de ma chienne, pis ça sera le plus beau de la portée à part de ça. Bonyenne de taupe à lunettes. Y a peur la même affaire que si l'avenir de la province serait rattaché à son ruban de suce. Ça vaut même pas le sel de la soupe. Pourquoi le monde a voté pour c'te affaire-là en '70? Pas de génie, y ont revoté pour lui en '73.

Toujours que '71 est arrivé puis là, j'ai eu une autre fois souvenance de ma grand-mère. Ça faisait cinquante ans qu'elle était morte, pis pas loin de la place où c'est que je l'ai laissée, deux ou trois milles de là, la terre a calé durant une nuit'. J'ai compris une autre fois que ma grand-mère savait c'est qu'elle faisait quand elle me disait d'être ami avec la nature, rapport que la nature attaque jamais en premier. Elle disait que c'était ça la différence entre la nature pis l'homme. Y ont bâti un bout du village dans les souompes, ça a fait ce que ça devait faire, tout a coulé dans l'espace d'une nuit'.

C'est de valeur qu'y en aye qui sont morts là-dedans. J'ai doutance que le fin mot de toute c'te affaire-là est pas encore sorti. Peut-être ben qu'on le saura jamais mais peut-être que le chat sortira du sac à quelque bon détour pis les plus surpris seront pas les ceuses qu'on pense. Quand t'as envie de cracher, t'es mieux de mirer le crachoir, rapport que si tu craches trop haut, y a des chances que ça te retombe dans la face.

Va donc rentrer ça dans la tête des jeunes, eux-autres qui ont tout vu puis tout connu, y vont te dire que tu cherches à faire peur au monde pis y vont te traiter de vieux fou qui sait pas c'est qu'y dit. T'as beau avoir deux pis trois fois leur âge, tu connais rien, toi, le bonhomme, t'es malade dans la tête. En seulement, chus un vieux fou c'est vrai, mais j'ai pour mon dire que t'es ben moins fou quand tu sais que tu l'es que quand tu penses pas l'être. Y en a un paquet qui se pensent ben intelligents, pis qui ont le génie où que les poules ont l'oeuf.

Ça a pas encore le nombril sec pis ça veut te montrer qu'y en savent plus que toi. En seulement, quand vient le temps de vivre sans rendre de compte, y aurait pas un clayon de clôture pour les empêcher d'écornifler chez le voisin. Quand t'as doutance d'être plus savant que ton voisin, tu restes chez-vous, pis le voisin, tu le laisses en paix, si t'es trop vache pour l'aider.

Ça a pas d'allure comment ça se pense fin. En seulement, l'herbe est toujours plus verte pis plus haute chez le voisin. C'est de même que ça commence, la guerre. Dans la cour. Ça part pas tout' avec les pays, faut pas rêver. Y sont deux dans la maison puis y sont pas capables de s'entendre après ça y voudraient que leurs gouvernements s'adonnent avec les autres.

Si y prendraient des gouvernements avec des ministres capables de se tenir debout' tout seuls... Y auraient peut-être des chances d'arriver à de quoi, mais y sont pas assez intelligents pour ça. Je sais ben que si je serais à la place à Bourassa, je serais pas mieux que lui, mais y a une affaire par exemple: moi je sais que chus pas capable. Quand tu sais que t'es pas capable de faire de quoi, tu t'embarques pas. Les épouvantails à moineaux, leur place, c'est dans les champs pas au parlement. Surtout si y ont besoin d'un piquet pour tenir debout', comme Bourassa.

Je sais ben que j'ai l'air d'un vieux fou qui pense savoir d'avance c'est qui va arriver mais chacun cherche à être plus fort que les autres pis à se faire des menaces. Je vas dire comme Conrad, quand la prochaine guerre va arriver, ça va brasser. Moi, avant longtemps je vas casser ma pipe à mon tour. J'achève mon temps sus c'te terre de fou-là, pis c'est ben manque le temps.

CHAPITRE — VI —

Des souvenances de même, je pourrais en raconter des veillées de temps mais y a jamais personne qui vient. Manquablement, que je pourrai pas leur expliquer ce que j'ai appris.

Y veulent pas le savoir; je les forcerai pas à écouter. Mais qu'y viennent pas brailler sus ma tombe. Y endureront leur mal pis leur ennuyance; la même affaire que moi: tout seuls. Si y ont pas besoin de mes conseils quand chus en vie, y s'en passeront quand je serai mort. C'est pas moi qui va leur dire mort c'est qu'y ont pas voulu entendre durant que j'ai vécu. J'ai passé assez de temps à essayer de les élever comme du monde, si y sont pas contents, qu'y endurent.

Justement, l'année passée y est venu un jeune de la réserve de Pointe Bleue. Y me cherchait. Je savais pas c'est qu'y me voulait. Je l'ai reçu frette. J'avais doutance que c'était un de ces jeunes effrontés qui vont voir les vieux pour leur demander de leur chanter des chansons. Quand y m'a eu dit son nom pis d'où y venait, en remontant dans le temps on s'est aperçu qu'on était parents. Son aïeul était cousin de ma grand-mère.

On a ben manque jasé ensemble le reste de la journée. Y voulait marier une blanche pis y était venu me voir pour savoir c'est que j'en pensais. Je me demande pourquoi faire qu'y venait me voir moi. Y avait pus son père, je crés ben; ça doit être quelqu'un de ses oncles qui y aura dit de venir me voir. Je l'ai fait déchanter quand j'y ai dit c'était quoi de vieillir en blanc, quand j'y ai expliqué les avantages qu'y avait à rester avec les Indiens. Y m'a-tu cru? Je le sais pas. En seulement, j'ai doutance qu'y était pus aussi certain de son coup quand y est parti après la veillée.

C'est vrai que j'aurais pu y conter des peurs, mais même si y sont pas mal plus jeunes que moi, j'ai ben plus d'aisance à me faire des amis avec les Indiens qu'avec les blancs. J'ai jamais été capable de faire de menteries à un Indien rapport qu'un Indien, quand y te parle, y est franc. Tu peux pas y conter de peur même si t'en aurais envie. À part de ça, si y est venu me voir c'est qu'y avait confiance que j'y monterais pas un bateau. Moi j'ai pour mon dire que la meilleure manière de remercier quelqu'un qui te fait confiance, c'est d'en être digne. La confiance ça se mérite. C'est la même affaire pour le respect.

Les Indiens m'ont toujours respecté rapport que moi je les ai toujours respectés; parce qu'y le méritaient. Chus pas plus fou qu'un autre. Moi non plus je fais pas confiance à quelqu'un qui le mérite pas. Chus dur de fiance itou. Où c'est que j'ai pris ça? Ça doit être avec les Indiens ou bedon ma grand-mère; de toute façon c'est du pareil au même. Faut dire que le monde t'habitue pas à mériter ta confiance pis comme je disais tantôt, ça se mérite, ça s'achète pas. Le jour que les jeunes vont se rentrer ça dans la jarnigoine, y vont être pas mal plus instruits.

Qu'y se rentrent donc une fois pour toutes dans la tête que l'intelligence c'est pas un bout de papier ni des fonds de culottes percés sus les bancs d'école ou de parler trois ou quatre langues. C'est pas d'en savoir assez pour amancher ton voisin, ton propre frère. C'est de savoir te débrouiller avec ce que t'as, te tenir plus loin possible des juges puis des avocats. C'est eux-autres les plus croches. Aussi croches que les chemins des libéraux. Y sont pires que la pègre rapport qu'y ont la loi de leur bord. Y disent qu'y travaillent au palais de justice mais va passer une demi-journée là pis tu vas voir si c'est un palais de justice. Palais de la loi peut-être mais de justice jamais!

C'est ça que ça donne, l'instruction. Ça t'apprend des mots mais ça t'apprend pas ce qu'y veulent dire. Manquablement quand tu viens pour t'en servir tu te mêles. Eux-autres, parce qu'y sont juges pis qu'y travaillent avec le code des criminels, y pensent que c'est la justice. Y en a rien qu'une, une justice sus c'te terre-là, c'est que tout le monde finit par mourir. Qu'y ayent de l'argent ou non, y sont pas capables d'acheter le bon Dieu. Rapport qu'y a besoin de rien lui puis si y a besoin de quelque chose y a pas besoin de passer par le magasin. Manquablement y a pas besoin d'argent.

Moi chus sus le bord de finir mon temps sus la terre pis avant longtemps je vas connaître c'est quoi la vraie justice. J'ai essayé d'être juste mais chus pas mieux qu'un autre, moi itou chus un homme. Un vieux qui a passé pas mal de temps sus la terre; trop de temps à essayer de faire plaisir aux autres, à trimer dur du matin au soir pour me faire une petite place au soleil rien qu'à moi pis astheure que chus rendu sus la fin de l'automne de ma vie, je me rends compte que tu viens pas au monde pour te rouler dans l'aisance.

En fin de compte, l'homme est comme un cochon; y vient au monde pour se rouler dans sa marde pis celle des autres. C'est ça la vie, la vraie. Peut-être ben que si j'aurais compris quand j'étais jeune, j'aurais pas tant couru pour avoir des affaires qui sont pas possibles d'avoir.

Des souvenances, je pourrais en raconter à mes petits-enfants à leur donner la chair de poule, ou leur arracher toutes les larmes du corps; je pourrais les faire rire à en avoir mal au ventre des semaines de temps. Mais y viennent pas, ça fait que je garde mes souvenances pour moi.

Je serais capable de leur raconter quand chus allé pêcher avec une morue, une vraie de la Gaspésie; c'est peut-être des peurs qu'y m'a faites, mais j'en ai eu pour mon argent. J'ai vu c'est que ça voulait dire "menteux comme un pêcheur". Si je l'aurais laissé dire, je pense que j'aurais crevé de rire. Un gars ben d'adon, pareil. Ça itou je le garde pour moi en attendant, des fois que les enfants viendraient avant que je passe l'arme à gauche. C'est pas que je serais pas paré à leur en faire des confidences; je leur demande rien que de venir pour que je leur dise ce que j'ai sus le coeur, ce que j'ai ramassé d'expérience durant ma courte vie.

Je pourrais leur conter mes chasses avec des Indiens, leur montrer comment faire cuire la mangeaille sans chaudron. C'est pas sorcier mais faut l'avoir déjà vu faire ou te l'être fait expliquer. Prendre de la vase pis faire une enveloppe sus un castor pour le faire cuire au feu, je sais que c'est pas malaisé mais ça prend quelqu'un pour te le dire ou te le montrer la première fois. Y en a un paquet qui vont dans le bois pis qui vont crever de faim à côté d'un ruisseau à truites parce qu'y ont pas de ligne à pêche. T'as pas besoin de penser longtemps pour te faire une puise avec un bas monté sus une fourche. C'est tout' des affaires que t'apprends avec les autres. Tu peux y penser tout seul mais quand t'es fin seul dans le bois, que t'as faim, y a des fois que le génie vient pas vite te donner la manière de te sortir du trou.

Quand t'es dans le bois pis que tu t'énerves, y a des fois que tu peux y rester un moyen bout de temps. T'as beau connaître le bois comme le fond de tes poches, si t'as la badluck de t'énerver t'es fait comme un rat.

J'en ai connu un de même dans le grand feu à St-Urbain dans les années '30. Un nommé Simard. Y avait été assez longtemps à l'école du rang qu'y avait pas moyen d'y apprendre rien. Y était meilleur que les autres. Une grosse tête mais pas capable de s'en servir. Quand la première équipe de bûcheux a pris le bord du bois pour faire un coupe-feu, on l'a averti de garder un bon trois cents pieds entre lui pis le feu, de toujours s'amancher pour être entre le feu pis la rivière au cas que ça tournerait mal. De même y pourrait aller à l'eau. L'eau ça brûle pas pis c'est le meilleur coupe-feu que tu peux avoir.

Mais on était pas amanchés pour y montrer comment venir à bout d'un feu ni comment sauver sa peau. Pas assez intelligents pour ça! On vivait à peu près six mois par année dans le bois, mais on connaissait pas ça nous-autres le bois. Y pensait que vu que j'étais jamais allé à l'école de ma vie j'étais pas capable de me servir de ma jarnigoine. On l'a retrouvé après le feu, mort routi vivant parce qu'y avait pas voulu nous écouter. À fallu l'envoyer à Québec pour le faire reconnaître.

Dans un feu de même y en a toujours une couple qui désertent, qui poignent leur paqueton au passage pis qui disparaissent de la carte pour le restant de leurs jours sans dire à personne qu'y s'en vont. Manquablement y se feraient traîter de lâches, de sans-coeur pis des affaires de même.

C'est qui te dit que celui-là qui a sacré son camp est pas celui que t'as trouvé mort? Tu peux pas savoir: y est parti sans le dire à personne; toi tu trouves un corps qui est pas reconnaissable, ça pourrait aussi ben être lui. Tu l'envoyes à Québec pis eux-autres trouvent qui c'est qui est mort. Comment y s'amanchent, je le sais pas. Apparence qu'y le reconnaissent par sa bague ou avec ses dents. Mais j'ai doutance là-dessus rapport que pour moi des dents c'est des dents.

En parcas, les docteurs à Québec ont dit que c'était lui. Y connaissait tout mieux que nous-autres mais y a rien que lui qui est mort. Parce qu'y était plus fin que nous-autres.

Si tu prends le temps de regarder faire le monde, t'as des chances de t'apercevoir que les plus intelligents c'est pas toujours les ceuses qui ont les papiers d'école les plus longs. C'est pas forcément ceux-là qui se sont fait coller le plus d'étoiles dans leurs cahiers. Des fois l'intelligence, c'est l'expérience qui la fait.

Je sais ben que les jeunes sont parés à en prendre, de l'expérience, mais y font pas toujours pour. Moi chus icitte à m'ennuyer rapport que j'ai pas un chat à qui parler. Je serais paré à leur donner des conseils mais y viennent pas. Si y veulent pas mon expérience chus pas pour leur entrer dans la tête à coups de pioche. Je veux les aider mais c'est pas tout à moi à faire le chemin, faut qu'y en fassent un petit bout.

Comment je pourrais leur en donner des trucs pour les aider à moins manger de misère dans la vie! Qu'y viennent pis je vas...

Ayoye!... bout de verrat! Je vas-tu faire une indigestion à l'heure qu'y est là? Avant d'aller me coucher?

Qu'y viennent pis je vas leur en donner des conseils. Mais qu'y viennent, qu'y attendent pas que j'aille les voir chez-eux. Y vont attendre longtemps.

TROISIÈME PARTIE

CHAPITRE — I —

J'en aurais pour des semaines pis des années à tout' ressortir mes souvenances. Mais chus poigné pour me les raconter à moi-même rapport que c'est une bande de sans-coeur. On dirait que c'est à celui-là qui va venir le moins souvent. Je sais pas si c'est rapport qu'y ont peur ou si c'est qu'y ont honte.

Je me rappelle quand je partais avec ma défunte Emma pour aller voir son vieux père; on passait des soirées à jouer aux cartes pis c'était le fun rapport que le bonhomme Boudreault trichait comme un verreux. Fallit pas y dire rapport qu'y se choquait noir. La même affaire que les ceuses qui mentent. Mais faut pas s'imaginer que je prends plaisir à entendre raconter des menteries. Bout de verrat si y a quelque chose qui me fend la face c'est ben de me faire faire des menteries.

Je pense qu'y a rien pour m'insulter de même à part les faces à masque. Pis ces deux engeances-là, y en a un moyen paquet sus la terre. Des enfants de chienne de croches. Mon grand-père disait que si tu mens, c'est que t'es capable de voler. Pis si tu voles, ça sera pas long que tu vas tuer. Si j'y aurais fait une menterie, y m'aurait dévissé la tête de sus les épaules. C'est vrai que lui pis ma grand-mère me donnaient l'exemple.

Quand je pense à elle, quand elle se mettait à me parler du bois, on aurait presquement dit une chanson d'amour. Quand elle me parlait des Indiens, ça devenait un Credo. Tu me diras que c'est normal mais y en a qui parlent de leur famille pis tu te demandes pourquoi faire qu'y l'ont pas reniée. Y auraient été mieux de pas venir au monde tant qu'à parler de leur famille de même. On dirait qu'y sont parés à cracher dessus.

J'ai été chanceux là-dessus, mes enfants m'ont pas fait de misère. Même quand on était à la sauce à poche pis au mietton de lait. En tout cas j'en ai jamais entendu parler. C'est vrai que le plus intéressé est toujours le dernier à savoir, mais je pense pas que les enfants ont eu assez de misère avec moi pour ça. Chez-nous itou y a des bout' qu'on hâlait le yable par la queue. C'était pas mieux chez-nous mais c'était pas pire non plus.

C'est vrai que mes enfants étaient connus dans le voisinage pis si y aurait fallu qu'y parlent de travers sus leur mère ou moi je l'aurais su ça aurait pas été une traînerie. Y auraient vu que le bonhomme était loin d'être manchot quand venait le temps de rosser un polisson.

Je me rappelle comme si c'était hier, un soir d'hiver qu'on était attablés pour le souper. Y arrive un gars entre chien et loup qui demande la charité d'un bol de soupe. Évangéline, qui était pas regardante, y fait signe de s'approcher puis elle y sert un bol de soupe aux pois assez épaisse pour être mangée avec une fourchette. Moi j'y coupe du pain, après ça Évangéline y sert du routi de lard avec une bonne couche de gras pis des patates brunes. Finalement, quand y a eu fini, y a demandé à coucher rapport qu'y avait pas de place pour accrocher son paqueton.

On l'a fait coucher dans la chambre du fond. Le lendemain y ramasse ses agrès pis y décampe après déjeuner en disant qu'y voulait se trouver de l'ouvrage au village. Pas de merci, rien. La charité chrétienne c'est pas fait pour les cochons; Évangéline y dit que si y a pas trouvé de place à coucher le soir y peut revenir.

Deux jours qu'on a été sans nouvelle de lui. J'arrive au magasin général, je rencontre le bedeau qui me dit avoir créché un homme qui vient d'où c'est que les loups jappent après la lune pour avoir de la galette. Y me décrit le même marle que j'avais accueilli à ma table. "Apparence que ta créature fait une soupe qui vaut pas les gros chars" qu'y me dit. Pis de but' en blanc y me raconte c'est que le gars y a dit, comment qu'y avait mal mangé. Apparence qu'y avait rasé de s'empoisonner pis qu'y aurait été mieux couché sus le banc de neige que chez-nous.

J'ai dit ça parle au verrat. Donne à manger à un cochon pis y va venir chier sus ton perron. Qu'y revienne jamais quêter son pain chez-nous parce que j'y garde un chien de ma chienne pis ça sera le plus beau de la portée à part de ça. Que j'y mette pas la main au collet rapport que quand y va avoir renvalé ses menteries y va être une escousse sans avoir faim. Y va les envaler avec mon poing pour les fouler, certain.

Je retourne à la maison le feu au cul en me retenant de le dire à Évangéline pour pas y faire de peine. Évangéline, ça avait le coeur assez tendre que c'en était quasiment une infirmité. J'avais doutance que ça serait pas facile d'y cacher ça. Y avait assez de moi sans la bâdrer avec ça. Je me promettais de faire voir de rien pis si je rencontrais mon marle, y payerait pour les oeufs cassés.

Ça faisait pas une semaine, un après-midi y faisait assez frette que les chiens se réchauffaient à trembler. Ça cogne à la porte pis qui c'est que je vois entrer? Lui en personne! "J'ai rien trouvé dans les parages, qu'y dit, je me sus rappelé c'est que vous m'aviez dit en partant. Si ça vous dérange pas, je viendrais coucher icitte avant de passer mon chemin."

J'ai essayé de prendre sus moi, le bon Dieu m'en est témoin. Mais j'ai pas été capable. J'y ai dit que la pelle était à côté de la galerie, y avait rien qu'à se faire un nique dans la neige vu que c'était encore mieux que nos lits. Y est venu la face longue je pensais qu'y allait perdre connaissance mais j'y ai pas laissé de chance. Pour la soupe, si tu veux pas t'empoisonner, tu repasseras. Y savait pus quoi faire, y était cloué sus le tapis de la porte. Évangéline était devant moi, les yeux grands comme des piastres. Elle se demandait pourquoi faire que j'insultais l'homme pis elle me demande depus quand je refuse la charité.

J'ai apostrophé le gars pis j'y ai dit de tout raconter c'est qu'y avait dit au bedeau. Si tu dis pas tout', que j'y ai dit, je m'en vas te casser un plemas. Je te l'arrache pis je le donne au chien en espérant qu'y s'empoisonnera pas avec. Y avait pas le choix, y a répété c'est qu'y avait dit au bedeau. Y en a même ajouté que le bedeau m'avait pas dit. En parcas, y a passé son chemin ce soir-là. Évangéline voulait quand même y donner à manger; elle disait qu'on laissait pas crever un chien, on laisserait pas crever du monde. C'est moi qui a eu le dernier mot. J'avais dans la tête d'y faire passer son chemin pis y l'a passé itou. On laisse pas crever un chien mais quand tu nourris un chien pis qu'y te mord, tu y mets une balle dans la tête. Du monde de même, c'est pire qu'un chien. Moi, je donne pas à manger à ça.

Si le bon Dieu est pas content, y m'enverra au purgatoire mais j'ai pour mon dire que n'importe qui aurait fait la même affaire. Y en a qui diraient que si ça se passerait chez-eux, y feraient la charité pareil. Faut pas être plus fou que la moyenne. J'ai pas pour habitude de mentir ou de me promener avec un masque. Chus pas c'est qu'y a de plus beau mais je laisse les masques aux hypocrites. Mes deux créatures m'ont pas marié rapport à ma beauté mais quand je faisais des farces, elles le savaient rapport que je leur ai jamais raconté de menteries.

On en avait un, au chantier de la CIP dans Charlevoix, un menteur. Lui, c'était encore pire qu'un arracheux de dents puis un député attachés ensemble. Manquablement y a des fois qu'y sortait des menteries qui te faisaient rire à t'en tirer des larmes du corps mais ça restait des menteries pareil. Des soirs, quand on s'ennuyait, on allait le hucher pour qu'y nous raconte ses voyages. Apparence qu'y avait ben voyagé. Ben croire, a beau mentir qui vient de loin. Y avait tout vu tout connu, à l'entendre. Mais t'aurais fait le tour de son jardin avec une pissée. C'était rien que pour se donner des airs.

Quand y te racontait ses voyages, crains pas qu'y t'en sortait des vertes pis des pas mûres. Y avait le don pour écourticher les soirées. Quand y avait fini de te raconter ses peurs, t'étais assez fatigué de rire que tu voulais pus rien savoir de veiller. C'était pas long que tu t'endormais. Le lendemain matin tu passais à ras les autres puis les épaules leur sautaient; tu te demandais pas pourquoi. T'aurais pu gager une terre à bois debout' qu'y pensaient à l'histoire de la veille pis t'aurais pas perdu ta gageure. C'était de voir comment ça y était facile de faire des menteries de même. Une attendait pas l'autre.

Y avait Alexis le trotteur itou, qui était pas piqué des vers en seulement, lui, c'était un joueux de tours. J'étais allé à Chicoutimi puis j'avais décidé d'aller à la messe à la cathédrale. Y avait deux gars qui jasaient sus le perron de l'église quand Alexis est sorti. Ils l'arrêtent puis se mettent à le pomper en y disant qu'y devait être vite pas mal avec ses souliers.

Ses souliers étaient finis raides. Y avaient pas de trous dessus mais ça forçait. Y regarde ses deux moineaux puis y dit en montrant les souliers d'un des gars qu'avec les siens ça allait vite mais avec des souliers comme les ceuses du gars, y courrait au moins deux fois plus vite.

Eux-autres y voulaient voir ça. Le gars se déchausse pis y donne ses souliers à mon Alexis. Lui y se déchausse à son tour pis y met les souliers de l'autre. Le gars y montre une maison en y demandant d'aller virer jusque là pis de revenir. Lapointe s'est enligné sus la maison, y est parti mais y est jamais revenu. Le gars a chaussé les souliers d'Alexis Lapointe pis y est parti en riant. Je sais pas si y trouvait ça aussi drôle quand y est arrivé chez-eux... C'est de même qu'y était, Alexis Lapointe; mais bon bonhomme par exemple!

Pas longtemps après, on a su qu'y était mort en prenant une course avec un train sus le pont d'Alma. Apparence qu'y se serait enfargé dans la track, qu'y aurait tombé; y a été dit que le train y aurait passé sus les jambes. Y avait toujours vécu avec un goût pour s'amuser pis y est mort rapport qu'y s'amusait. Y a été un bout de temps à tenir un petit magasin à Jonquière. Tout ce qu'y vendait c'était des bonbons. Y en a qui ont dit que comme y savait pas compter, y en donnait toujours plus aux enfants pour être certain de pas les voler. Y a fait faillite. J'ai pas de misère à le croire rapport que Lapointe, ça aurait donné sa chemise à plus riche que lui. Quand y en rencontrait un plus pauvre, y se serait mis dans la rue pour l'aider. Y avait le coeur trop gros.

Y en a qui disent que c'est parce qu'y était pas comme les autres, qu'y était pas finfin. C'est pas le seul homme exceptionnel qu'y m'a été donné de rencontrer. Les autres que j'ai connus étaient ben normaux pis y avaient tout' leur génie à eux-autres. Ça me rappelle un gars du Lac St-Jean que j'ai vu dans une de ses tournées: Victor Delamarre; y était fort comme une time de chevaux. Y s'était fait faire un attelage spécial pis y s'attachait un cheval au dos pis y grimpait dans un poteau de téléphone avec. Y prenait pas un gros cheval, un de douze treize-cents livres mais y le montait pareil. Y pliait un trente-sous entre ses doigts comme un bouchon de liqueur. Y en a qui ont essayé de l'accoter mais j'en ai jamais vu réussir.

Y ont dit que Louis Cyr était plus fort mais c'est pas prouvé rapport qu'y ont jamais essayé un contre l'autre. Quand c'était Delamarre qui était paré, Cyr l'était pas pis quand Cyr était prêt, c'était Delamarre qui l'était pus. Je crois ben que les deux étaient de force équipolente pis Delamarre était peut-être même plus fort que Cyr, rapport que Cyr, lui, y levait des poids mais ça s'arrêtait là. Y a un portrait que j'ai vu dans l'entrée de l'hôtel de ville de Québec. Delamarre est posé en train de porter tout' les polices de la ville de Québec. Pis les polices dans le temps, c'était des gros hommes en masse. En parcas faut croire qu'y était assez fort rapport qu'y a été engagé dans la police de Québec même si y était trop petit. Y s'était mis des jeux de cartes dans ses souliers pour paraître plus grand. C'était pas encore assez pis y ont dit qu'y le prenaient rapport à sa force.

Pis docile à part de ça! Ça aurait pas fait de mal à une mouche. Y a ben eu des offres de lutteurs mais y a jamais voulu; y disait qu'y les estropierait pis j'ai doutance que c'est pas tout à fait des menteries. Quand je repense à des affaires de même, le bon vieux temps m'a l'air loin que le yable.

C'est rapport à ça que je m'ennuie tout seul dans mon coin à attendre que le bon Dieu vienne en voleur pour me chercher. J'attends la récompense de ma vie. Je sais pas si j'en ai assez fait, si j'ai assez essouché, si j'ai ben élevé mes enfants, si j'ai aimé mes créatures comme je devais, si j'ai assez respecté mon père pis ma mère, si j'ai fait assez de bien à mon prochain pour avoir ma passe pour entrer au ciel. Si le bon Dieu est vraiment juste comme les curés nous ont dit, qu'y embarque mes bonnes actions d'un bord de la balance pis mes mauvaises de l'autre, je serais ben surpris de la voir canter du bord des mauvaises actions.

Je dis pas que j'ai été un saint homme mais j'ai doutance d'avoir fait des efforts pour pas faire trop de troubles. Y a des fois que c'était malaisé mais j'ai essayé. Si j'ai réussi, j'aurai droit à ma part de ciel. Je demande pas une grosse place. Même si chus assis en arrière pis que je vois le bon Dieu rien que quand y se lève, ça sera toujours ben mieux que de pas le voir pantoute. Que je sois assis sus une chaise droite ça me dérange pas.

Peut-être que je me trompe mais j'ai pour mon dire que l'enfer c'est de pas pouvoir regarder le bon Dieu dans le blanc des yeux quand c'est que tu l'as déjà vu. La même affaire que sus la terre quand t'as vu tes enfants pis qu'y veulent pus venir te voir. C'est rapport à ça que, depus que chus encagé dans c'te maison de vieux-là, je dis que je mène une vie d'enfer. C'est pas rapport que chus pas ben traité par la garde-malade, c'est pas non plus que je mange pas à mon saoul.

Manquablement, la mangeaille est pas si bonne que celle-là que mes créatures ont fait toute leur vie. C'est pour ça que j'ai l'estomac tout reviré à soir. Quand t'as passé ta vie à te faire traiter aux petits oignons, de tomber avec de la mangeaille de même c'est normal que tu soyes malade. J'ai beau prendre du soda, ça fait trois verres que je prends, y a rien à faire. J'ai pas accoutumance de me lamenter, mais bout de verrat que je me sens à l'envers.

J'ai manière de poids dans l'estomac pis je sais pas c'est que j'ai mangé de pas correct mais, certain, c'est de quoi que j'ai mangé. Pis le bras qui arrête pas de me picoter, la même affaire que si je me serais endormi dessus. Ça me remonte jusque dans l'épaule pis c'est achalant que le diable. Ça fait quelques temps que je traîne ça mais j'en ai jamais parlé. Je parlerai pas non plus. Si j'intéresse pas mes enfants, ma santé les intéresse encore moins.

Y avait le samedi matin itou, à l'automne quand on faisait boucherie, qui était le fun pis que les jeunes connaîtront pas. C'est pas qu'y voudraient pas mais quand tu vas rester en ville, faut pas t'attendre à voir faire boucherie à tous les automnes. Nous-autres, on prenait un cochon pis après l'avoir lavé le mieux possible, on le saignait en y coupant la grosse veine du cou. On ramassait le sang pour faire du boudin pis on allait porter ça aux créatures à la maison. Après, on éventrait le cochon pis on y coupait la panse. Quand t'avais besoin d'une blague à tabac, tu ramassais la vessie pis tu la tannais. Tu palentais ton cochon durant une semaine pour faire mourir la viande. Fallait palenter ça assez haut pour pas que le chien ou le chat vienne gruger la viande. Après, tu débitais ton animal pis tu le fumais ou tu le salais. Les frigidaires, ça date pas de ben longtemps.

C'est dans le temps de Duplessis qu'y ont sorti ça. Ça c'était pour la boucherie mais y avait des à-côtés qui étaient pas à cracher dessus. Y avait toujours un maniganceux qui venait pour faire du fun; ce qui aurait passé pour une corvée devenait avec eux-autres une vraie partie de plaisir. Y en avait toujours un qui trouvait le moyen de faire échapper le cochon; comme de raison un cochon que t'as mis un an des fois deux à engraisser, qui est rendu assez dur que tu y fendrais la couenne avec l'ongle, t'es pas pour le laisser aller où qu'y a envie, faut que tu l'attrappes.

Ça prenait l'avant-midi pour faire boucherie. L'après-midi passait à le brûler pis le laver à l'eau bouillante. Ça a beau être cuit quand tu le manges, du cochon sauvage qui a le poil noir sus le dos deux pouces de long, j'ai pour mon dire que c'est pas plus ragoûtant qu'y faut. Quand t'égorges un cochon, faut le trimer si tu veux avoir le goût de le manger.

Ça me rappelle la grosse Amanda qui nous avait invités à réveillonner au Jour de l'An, une année. On arrive chez-eux pis elle sort la mangeaille. Elle avait fait cuire un petit cochon de lait. On avait tout' commencé à manger quand elle a sorti son cochon. Pas éventré, les yeux ouverts, y était encore ben rose, pas assez cuit, le poil sus le dos, la gueule ouverte avec une pomme entre les dents. Je sais pas si elle l'avait pas lavé ou si elle avait manqué d'eau, parce qu'y était encore sale dans ben des coins.

Ma grande foi du bon Dieu, y avait l'air en vie! J'ai pas osé en manger pis personne chez-nous y a touché. J'ai ri quand j'ai vu le cochon sus la table. Quand on est retournés à la maison, Évangéline m'en voulait. Durant un bout de temps, elle me le remettait sus le nez à tout bout de champ. Elle pouvait pas voir qu'on s'amuse à la manière que les autres créatures faisaient la mangeaille.

J'ai jamais compris comment Lucien faisait pour manger sans dire à sa femme d'arranger comme y faut la mangeaille. C'est vrai que c'était pas rien qu'à elle de s'en occuper mais quand même... Une femme qui est capable de faire des affaires de même, je me demande c'est quoi sa limite. Je me demande pas pourquoi Lucien était si maigre.

C'est certain que je peux pas avoir les mêmes souvenances que les jeunes d'astheure, la vie est pus la même. Les jeunes ont des souvenances de voyages au bout du monde dans les vieux pays pis des places de même. Nous-autres, les seuls voyages qu'on faisait c'était notre voyage de noces quand on se mariait. Quand on allait dans les vieux pays, c'était pour défendre la mère-patrie. À part de ça, on restait sus notre terre puis on travaillait du matin au soir.

Dès qu'on était capables de donner un coup de main sus la terre, on commençait. À treize ans, t'avais droit à ta cognée pis tu prenais le bord du bois. Si t'avais les moyens, tu te payais un godendard pis quand tu redescendais au village à la fin de l'hiver, tu donnais ton chèque de paye chez-vous. Tout le monde faisait la même affaire. Y avait pas de passe-droit. Astheure c'est pus l'enfant qui aide son père à joindre les deux bouts, c'est le contraire.

Manquablement je leur jette pas la pierre, c'est pas de leur faute. Je dirais que c'est un petit brin rapport à leurs aînés. Les parents voulaient pas les voir connaître c'est qu'eux-autres avaient connu pis y les ont gâtés, y les ont pourris. On aurait été amanché de même dans le temps, on aurait fait la même affaire que les jeunes; peut-être qu'on aurait été pires.

On dit qu'y sont sans-coeur pis qu'y ont pas le respect de leurs aînés. Mais ça s'apprend, ça, pis si on leur montre pas, je me demande c'est qui va leur apprendre. Moi, c'est qui me revire le coeur, c'est que chus rendu à l'automne de ma vie pis c'est que je laisse à mes enfants, des souvenances pis l'expérience, c'est pas riche. C'est pas que je serais pas paré à leur montrer mais chus pas amanché pour toffer ben longtemps; je me fais l'impression d'être une vieille wagine qui a été laissée à l'air du temps, durant des années au soleil, à la pluie, à la neige, pis qui est trop finie pour penser à la radouber. Les éridelles pourries, les roues rongées jusqu'aux moyeux, elle attend de se faire débâtir par les enfants qui iront grimper dessus. Même pus bonne à servir de bois de chauffage.

Quand t'es pus bon à rien, le monde s'occupe pus de toi. Y te laissent aller à l'air du temps la même affaire que la charrette. Y a des fois que je me demande c'est qui me tient en vie. C'est-tu l'espérance d'en voir arriver un qui a envie de connaître le passé? C'est-tu que, sans en avoir doutance, je m'accrocherais à la vie? Je le sais pas. À soir que j'ai mal au coeur sans bon sens, que j'ai le coeur gros, j'ai pour mon dire que chus tanné d'attendre des changements qui viennent pas. Les ceuses qui disent que les jours se suivent pis se ressemblent pas, j'ai des petites nouvelles pour eux-autres. Qu'y viennent me voir, on fera une petite veillée pis on parlera rien que de ça. J'ai ben manque doutance qu'y vont faire un saut.

Quand je pense à ça; j'ai quatre-vingt-huit ans à soir puis j'ai pas eu de téléphone de la journée, pas de visite non plus. Pas signe de vie de personne. Je pense que je les reverrai jamais. Personne. Quand y ont pu venir, y s'amanchaient pour passer tout dret' en se trouvant des défaites pour se sauver de leurs devoirs. Astheure j'ai pus le goût à rien. J'ai pus le goût à attendre, à me choquer ou à leur faire des remontrances. Chus fini raide. J'en ai assez de manger de la misère. Me semble que rendu à mon âge, j'aurais droit, moi itou, de penser à me reposer un petit brin avant de m'éteindre.

En seulement, mon repos c'est de me ronger les sangs à coeur de jour. Si le monde saurait comment j'ai hâte que ça finisse, y en reviendrait pas. Presquement quatre-vingt-dix ans de vie pour en arriver là. C'est décourageant. Tu te fends le cul pour les aider à faire quelque chose de bon dans la vie pis y se servent de ça pour se moquer de toi. La jeunesse a pas de coeur au ventre.

C'est pas que j'ai pas cherché à leur rendre la vie plaisante, j'ai passé la mienne à essayer de leur en donner une plus rose que ce que j'avais connu. Manquablement faut croire que j'ai pas assez travaillé dans toute ma vie pour mériter un petit brin de reconnaissance de mes enfants.

Si j'aurais su c'est qui était pour se passer, je les aurais attendus dans le détour; jamais y auraient été capables de me faire traverser les portes de l'enfer. J'aurais resté sus ma terre jusqu'à la fin de mes jours; quitte à y rester tout seul. Je serais pas mort.

En seulement, j'ai pas été assez intelligent pour me rendre compte que tout c'est qu'y avaient dans la tête, c'était de me déculotter. Comme si je leur en aurais pas assez donné en leur payant leurs études un après l'autre, année après année. C'était pas suffisant, y voulaient la peau de leur vieux père pis y sont en train de l'avoir.

Apparence que j'ai pas assez haï les hypocrites, fallait que ma famille en soit remplie. Si au moins j'en aurais eu un ou deux sus le lot, ça aurait pas été si pire que ça, mais j'ai dix-huit enfants de vivants pis c'est dix-huit hypocrites. Le bon Dieu me pardonnera, mais même les ceuses que j'y ai donné, même les ceuses qui portent la soutane sont pas mieux que les autres.

Quand je regarde c'est que ça donne d'avoir des enfants de même, je comprends pourquoi faire que le monde astheure ont pus rien que deux ou trois enfants. Tant qu'à avoir des égoïstes, t'es mieux d'en avoir le moins possible.

CHAPITRE — II —

Astheure chus rendu au soir de ma vie. J'ai fini par me rentrer dans la tête que même si je vis jusqu'à cinq cents ans, je saurai jamais le centième de ce que je voudrais savoir. J'aimerais ça rencontrer mes petits-enfants pour leur expliquer ce qu'y peuvent attendre de la vie pis ce qu'y peuvent espérer de la mort. Je sais ben que chus pas amanché pour leur faire la morale, moi qui sais même pas écrire mon nom.

Je sais ben que c'est pas facile de prendre les conseils de quelqu'un qu'on connaît pas. Mais si je m'aurais bouché les oreilles à chaque fois que quelqu'un m'offrait un conseil, je serais pas mal plus ignorant. J'aurais eu plus de misère dans la vie que j'en ai eue. Je sais ben que j'arrête pas de me lamenter depus que chus icitte mais ça, c'est un petit brin de ma faute. Faut prendre les conseils des autres. Mais pas tout' par exemple. C'est ça qui est le plus malaisé: savoir choisir les conseils, prendre les bons en rejetant les autres.

Ça s'apprend pas en regardant tomber la pluie, ça prend du temps, surtout que les conseils qui ont le plus l'air d'être pour ton bien sont souvent les ceuses qui profitent le plus aux autres. Mais pour ça, faut pas se boucher les oreilles. Faut pas avoir peur d'écouter, ça fait pas de mal à personne. Ça en a empêché un moyen paquet de mourir avant leur temps par exemple. On écoutera jamais assez les autres pis on fera jamais trop attention en décidant quoi faire.

Faut pas avoir peur de faire profiter les autres de ce que tu sais. L'autre le sait peut-être mais c'est pas certain. Si y le sait pas, y est peut-être trop gêné pour le demander. Ça y entrera peut-être par une oreille pour sortir par l'autre mais c'est pas à toi de décider ça. Pis aider son prochain c'est aussi y donner des conseils quand t'as doutance qu'y pourrait en avoir besoin. Manquablement, comment veux-tu que les autres te le rendent si tu les aides jamais? Y a pas rien que toi qui es fin; les autres itou le sont peut-être. Peut-être même plus que toi. Le bon Dieu a pas tout mis le mieux de sa création sus la même personne.

J'aimerais ça dire à mes petits-enfants de pas se fier aux hardes d'un homme pour décider si y est intelligent. Les jeunes ont doutance qu'un gars qui est pauvre est pas intelligent. Mais on juge pas un crapaud à le voir sauter. Y en ont souvent ben plus vu que les ceuses qui sont endimanchés à l'année longue.

Je l'ai toujours dit puis j'en démordrai pas, la meilleure école c'est la vie. C'est pas par les fonds de culottes usés sus les bancs d'école que t'apprends, c'est par les ampoules aux mains pis aux pieds. Les connaissances se prennent dans la sueur pis les ampoules de sang. En seulement faut pas chier plus haut que son cul; ce que tu sais sera jamais plus gros que ce que tu sais pas. Je sais ben qu'y en a qui se pensent intelligents mais c'est encore eux-autres qui en savent le moins.

Faut écouter la nature itou. La regarder, la respecter; on la respectera jamais assez. Profiter des leçons qu'elle te donne même si ça fait pas ton affaire. Entre elle pis les hommes, ça sera toujours elle qui sera la plus sage. Avant de couper un arbre, commence par te demander si son ombre est pas plus importante pour toi que de voir de l'autre bord du tronc. Faut pas maudire les saisons à part de ça. C'est vrai que c'est plaisant, le soleil pis l'été, mais si on aurait pas de pluie, ça pousserait pas fort dans les champs. Ça prend un hiver itou pour aider la terre à se reposer si tu veux qu'elle donne quand l'été sera revenu. Quand la nature disparaît de quelque part, l'homme itou disparaît. T'as rien qu'à regarder les villes pour comprendre: les hommes y sont comme des animaux en cage. Pis y continuent à tout débâtir autour d'eux-autres. Quand y vont comprendre, y sera trop tard.

J'ai pas toujours été correct avec tout le monde que j'ai rencontré. J'aimerais ça pouvoir les revoir pour leur demander pardon avant de mourir, pouvoir partir avec la conscience en paix savoir qu'y a pas personne qui a gardé une dent contre moi; me semble que ça m'ôterait un poids de sus le coeur. C'est pas que je l'ai fait exprès pour leur faire du tort mais moi itou j'ai mes défauts. Des défauts qui sont souvent durs à porter. Me semble que je paye assez à les traîner au jour le jour pour pas que les autres me gardent rancoeur. Je sais ben que j'ai pas toujours été un ange, même que souvent j'étais plutôt un ange cornu.

C'est pour ça que je voudrais pouvoir me faire pardonner par les ceuses à qui j'ai fait du tort avant de mourir... Je sais pas c'est qui se passe, j'ai la tête qui me tourne assez que ça me mélange tout' les idées. On dirait que tout' veut sortir en même temps. J'ai jamais r'sué depus que j'ai laissé les chantiers comme à soir pis ça m'occupe un petit brin; j'ai pas accoutumance de nager dans la sueur. C'est achalant que le diable!

J'ai essayé de pas donner trop de misère à la vie; je savais que si j'y en donnais, elle trouverait le moyen de me le rendre à quelque détour. Quand tu te maganes étant jeunesse, faut pas t'imaginer que t'auras pas de problèmes quand tu seras vieux. Rien qu'au cas que tu pourrais finir par devenir vieux, t'es mieux de pas prendre de chance. On le sait pas, y a personne qui le sait d'avance. Y a rien qu'une place où que c'est écrit, c'est dans la tête du bon Dieu pis y a personne qui a été capable d'y lire dans les idées.

Justement, parlant de vieux, si tu veux que les jeunes te respectent quand ce sera à ton tour d'être vieux, faut que tu commences par les respecter. Y en ont vu pas mal plus que toi sus le chemin de la vie. Respecte les plus jeunes que toi itou. Manquablement si tu les respectes pas astheure, ça sera malaisé de leur demander de te respecter plus tard.

Y a des fois qu'on écoute parler les jeunes pis y disent qu'y essaient d'oublier. C'est de valeur qu'y se cassent la caboche à essayer parce que moi, avec mes quatre vingt-huit ans, je peux dire que t'oublies pas. Tu finis par te consoler, on finit tout le temps par se consoler; de la mort, de l'amour comme de n'importe quoi d'autre. Mais on oublie pas. C'est ça que les jeunes devraient se rentrer dans la tête. Je sais qu'y a des fois que la vie te fait des coups de cochon. En seulement elle finit toujours par y mettre son grain de sel, elle itou.

Le monde se lamente à coeur de jour pis y se rendent même pas compte que même avec la pire badluck y a toujours quelque chose de bon pour toi. C'est pas facile de trouver c'est qui est bon dans un paquet de marde, mais comme je dis des fois, de la marde, c'est du fumier pis du fumier, c'est de l'engrais. Je veux ben croire que ça sent pas bon mais ça peut pas tout avoir les qualités pis pas de défauts. Je sais ben que c'est pas facile de tout prendre argent comptant, qu'y a des fois qu'on aurait des idées de tout laisser tomber. En seulement faut pas se décourager. Je sais ben que chus pas le premier à le dire mais je sais une autre chose itou, c'est que tant qu'y a de la vie, tu peux avoir espérance en des jours meilleurs. Si y aurait fallu que je me débarrasse de la vie à toutes les fois que j'ai eu des badlucks, je serais mort souvent.

J'ai pour mon dire que t'as pas besoin de courage pour vouloir mourir. C'est pour vivre pis t'accrocher à la vie que t'en as besoin. Si t'en as besoin, c'est rapport que tu sais pas c'est qu'elle te réserve. C'est peut-être pas vargeux mais peut-être que c'est ben intéressant itou.

Faudrait que les jeunes se rentrent dans la tête que c'est pas tout de vivre. Y a une moyenne marge entre exister puis vivre. Comment veux-tu aimer la vie si t'es juste pour exister. Si je saurais écrire, je ferais un grand cadre à mes petits-enfants pis je leur écrirais en grosses lettres sus le cadre: **AIMEZ LA VIE**. C'est ça qui est le plus grand, le plus beau secret. Faut aimer la vie pis en profiter durant qu'elle passe; elle passera pas deux fois. Faut tout prendre c'est qu'elle veut te donner itou rapport que si tu refuses à tout bout de champ c'est qu'elle t'offre, un moment donné elle refusera de te donner autre chose qui aurait peut-être ben fait ton affaire.

En parcas avec les quatre-vingt-huit ans que j'ai poignés aujourd'hui, je regarde en arrière pis c'est vrai que j'ai eu des hauts pis des bas. J'avais doutance que la vie me donnait pas toujours c'est que j'aurais voulu mais j'ai quand même aimé la vie. Même que des fois je me disais que j'étais tout seul à aimer l'autre rapport que j'avais doutance qu'elle m'aimait pas toujours. En seulement quand je repense aux années passées sus la terre, ça fait un bout de chemin pis je regrette pas. J'ai presquement envie de dire que je serais paré à recommencer à zéro à soir, recommencer à vivre aussi loin que je me rappelle, pis je me lamenterais pas.

Je dis pas que je me suis jamais ennuyé, que mes enfants m'ont jamais manqué, même qu'à soir que j'aurais goût de jaser avec un autre, avec une jeunesse pour y donner tous les conseils que je peux avant de m'en aller, comme disait ma grand-mère, "pour le Voyage sans retour". Elle disait que c'est de même que les Indiens appellent la mort. C'est ben pour dire, ça fait au-dessus de cinquante ans qu'elle est morte, ma grand-mère, pis depus qu'elle est morte je l'ai jamais sentie proche de même.

J'ai l'impression d'entendre les huarts, d'entendre la complainte des huarts. J'ai l'impression d'entendre ma grand-mère me parler.

Ça me fait drôle; tout le monde que j'ai connu dans le temps, tout le monde qui est mort depus des années, on dirait qu'y sont là autour de moi. Je sais pas si c'est parce que j'ai pensé à eux-autres à soir, mais ça fait drôle. En seulement, chus tout fin seul dans ma chambre puis j'ai tout mon temps pour penser au petit bout de chemin que j'ai de fait sus la terre. J'ai eu de la misère par bout' mais j'ai été chanceux itou; j'ai eu deux femmes que j'ai aimées aussi fort que j'ai pu, jamais je les ai trichées.

J'ai toujours été fidèle à la créature qui m'attendait à la maison. Je dis pas que j'ai jamais vu de créatures à part Emma pis Évangéline, en seulement faut savoir se contenter de c'est que la vie veut te donner. Comme j'aurais pas aimé que mes femmes aillent en voir un autre, je m'arrangeais pour rester chez-nous de mon bord. Je les aimais pis elles me l'ont rendu cent fois. Manquablement quand t'es heureux avec ta femme pis tes enfants, t'es mieux de pas prendre de chance en te disant que l'herbe est plus verte chez le voisin rapport que quand tu reviendras, y a des chances que l'herbe qu'y avait dans ta cour soye chessée. J'ai pour mon dire que l'herbe du bonheur, c'est la même affaire que l'herbe qui pousse dans tes champs. Faut que tu la soignes de temps en temps; que tu y donnes pas de chance de brûler au soleil par manque d'eau. Si tu t'en occupes pas, faut pas t'attendre à avoir de récoltes qui ont de l'allure.

Y a une autre affaire que j'aimerais pouvoir dire à mes petits-enfants si je pourrais les voir rien que cinq minutes. Quand y ont des problèmes avec leurs voisins, y seraient ben mieux de s'amancher pour s'entendre que de se traîner devant les juges. Je l'ai déjà dit pis j'en démords pas, les juges y ont la loi de leur bord. C'est la seule différence entre eux-autres pis les voleurs de banques ou les tueurs. À part de ça, si le bon Dieu a dit de pas juger les autres ça voulait dire la même affaire pour les juges. Le juge y t'écoute même pas quand tu parles. En te voyant entrer, y a son idée pour décider si celui-là qui est accusé est coupable. Y en a qui auraient pas fait de mal à une mouche pis que les juges ont fait pendre. Après ça, le juge dit que c'est une erreur judiciaire. Y aiment ça, les juges, faire pavaner des grands mots qui ont ni queue ni tête. Quand même y diraient qu'y s'ont trompé, c'est pas ça qui va faire revenir les morts. Quand t'es mort, c'est pour longtemps.

Le bon Dieu a dit de pas tuer; c'est pas rapport que le juge est juge que ce sera pas un meurtre si y te fait pendre. Que tu tues avec une carabine ou une corde, que tu sois bandit ou juge, tuer c'est tuer. C'est pas rendu au soir de ma vie qu'y vont me faire changer d'idée là-dessus. Y a pas personne qui a le droit de juger les autres pis personne a le droit de les tuer. Ça c'est une loi du bon Dieu; ça a plus de force que celle des hommes.

Y a une autre affaire que le monde devrait savoir itou, c'est qu'y faut qu'y luttent toute leur vie pour garder leur langue pis leur religion. Y a ben des affaires qui sont importantes dans la vie mais y en a pas une qui l'est autant que ces deux-là. Conserver la langue pis la religion catholique qu'on a lutté pour leur garder toute notre vie. C'est le droit le plus sacré pis faut y tenir jusqu'à la mort. Je me rappelle une fois que Gertrude lisait un de ses livres d'école. Elle a lu une phrase qui m'est restée dans la tête pis qui partira avec mon dernier souffle. Manquablement elle lisait tout haut, elle commençait à lire. Moi, c'est une affaire qui m'a manquée dans ma vie, savoir lire. Pour être certain que mes enfants seraient capables, je les ai fait aller à l'école autant qu'y ont voulu. Quand y faisaient leurs leçons, je m'arrêtais pour les écouter lire. Y a des fois que je trouvais ça beau à plein c'est qui était écrit dans les livres. J'aimais ça, pis de mon bord ça me faisait oublier que je savais pas.

Un soir qu'elle lisait un de ses livres d'école, Gertrude a lu une phrase qui m'a résonné dans la tête presquement comme les cloches qui annoncent la grand-messe le dimanche de Pâques. J'ai jamais pu l'oublier. Ça disait "Tant qu'un peuple en esclavage conserve sa langue, c'est la même affaire que si y garderait la clé de sa prison". Je pense que c'est là que j'ai vu à quel point c'était important de garder sa langue pis sa foi. Je dis pas que je les gardais pas avant, mais ça me donnait une raison pour m'accrocher pis les transmettre à mes enfants. Manquablement je me rappelle pus le titre du livre, c'est pas d'hier. Je me rappelle pas non plus le nom de celui-là qui a écrit ça. Mais je peux dire que c'te fois- là, y m'a donné la poussée que j'avais besoin pour m'accrocher à ma langue.

Je sais ben que je parle pas français comme une maîtresse d'école. C'est un petit brin normal, je suis jamais allé à l'école. Moi, ma langue, c'est dans les champs que je l'ai apprise. C'est en brisant les mottes de terre durant les labours. C'est mêlée au grain durant les semences. C'est dans les bois, itou, sus l'écorce des bouleaux qui tombaient sous la hache. C'est dans le sapinage qu'on prenait pour faire nos lits de camp. C'est là que j'ai appris ma langue. C'est à écouter parler les autres itou. Les plus vieux que moi en premier, rapport que la langue française, c'est une vieille langue. Manquablement elle est plus vraie pis plus belle dans la bouche des vieux.

Je dis pas ça parce que c'est à mon tour d'être vieux. Je l'ai toujours pensé; c'est trop tard pour changer d'idée à mon âge. Ça veut pas dire que les jeunes parlent pas une belle langue parce qu'y parlent pas le même français que nous-autres. Apparence que nous-autres, les vieux, on dit ben des mots qui viennent de l'anglais. C'est peut-être vrai, je le sais pas, mais je sais qu'on a appris une langue pis on a fait tout ce qu'on a pu pour la garder pis la donner à nos enfants. C'était celle de nos pères qui l'avaient appris eux-autres itou de leur père.

J'essaierai pas de faire accroire que c'est pas une langue dure à apprendre. Apparence que c'est une des plus dures pis j'ai doutance que c'est peut-être vrai. Ça empêche pas qu'elle est belle. C'est la plus belle que je connais. C'est une langue qui est faite pour parler d'amour. J'aimerais ça avoir été à l'école comme mes enfants pour pouvoir parler de la langue française comme je la ressens en dedans de moi. Moi itou j'en parlerais avec des mots d'amour. En seulement, comme j'ai appris une langue faite de sueurs, que j'ai pas appris à parler d'amour mais de travail, chus pas capable d'en parler avec des mots assez beaux pour que ça intéresse les jeunes de la conserver. Tout ce que je peux leur dire, c'est de la garder pour la transmettre à leurs enfants eux-autres itou, rapport que c'est la plus belle pis c'est à eux-autres. La même affaire pour la religion. Le bon Dieu nous en a pas tant demandé que ça, y nous a donné rien que dix commandements.

C'est quand même pas la mer à boire, dix commandements qui sont, à part de ça, faciles à écouter. C'est pas malaisé d'aimer son père, pis sa mère, de pas sacrer, de pas tuer, de pas voler, de pas forniquer avec n'importe qui, n'importe où pis n'importe comment. C'est pas malaisé non plus d'adorer rien que le bon Dieu, de pas essayer d'avoir les affaires des autres, de pas mentir ou de pas être immoral, c'est pas malaisé. C'est pas toujours facile d'aimer son prochain, mais si tout serait facile ce serait pas la terre, ce serait le ciel. On peut pas dire que le bon Dieu a été ben exigeant. À part de ça, ça fait assez longtemps qu'y est venu, y a assez de monde qui y ont cru que j'ai doutance que c'est pas demain que la religion catholique va tomber. Apparence qu'y en a d'autres qui sont plus vieilles mais si Notre-Seigneur a lâché les juifs pour faire sa propre religion, j'ai doutance que c'était rapport que les juifs avaient pas la bonne religion. Manquablement y aurait pas reviré son capot de bord apparence qu'y sait tout. Y doit ben savoir itou quelle religion est la bonne.

Quand je regarde tout ce que j'ai appris depus que chus sus la terre, je trouve que je sais pas grand-chose. J'ai doutance que j'en ai pas encore assez appris que, pour tout apprendre c'est qu'y faudrait que j'apprenne, y faudrait que je vive au moins dix fois plus vieux. En seulement chus vieux pis fatigué, tout seul dans mon coin à jongler à des paquets d'affaires à coeur de jour, rêver jour et nuit' qu'y viendra de la visite quelque bon détour. Depus une escousse, chus rendu que chus fatigué quand je me lève. Manquablement quand je me couche chus encore fatigué. J'aurais goût de voir finir la journée avant qu'elle commence. Ça non plus ça aide pas à garder le moral pis le sourire.

À soir, avec c'te indigestion-là, j'ai doutance que c'est encore pire que d'accoutumance. Je me sens fatigué, j'ai la tête pesante pis elle me tourne tout le temps sans que je sache c'est que ça veut dire. Je transpire sans bon sens pis j'ai l'estomac tout reviré rapport à mon souper qui veut pas passer. À part de ça, y a les picotements que j'ai partout dans le corps qui me chicotent. Avoir un paquet d'affaires de même d'un coup, ça m'est jamais arrivé. C'est que ça veut dire, je le sais ben manque pas. Si j'aurais été un petit brin à l'école, comme les jeunes d'astheure je le saurais ben manque mais chus un ignorant.

Je me lamente pas, c'est pas rendu à quatre-vingt-huit ans, le soir de ma fête en plus, que je vas commencer à me lamenter. J'ai pas appris. Le monde que j'ai connu étaient pas des lamenteux: mon grand-père, ma grand-mère, Emma, Évangéline, mes enfants se lamentaient pas non plus, comment veux-tu te lamenter quand qu'y a jamais eu personne pour te montrer comment faire? Ça non plus, ça s'apprend pas tout seul.

J'aurais ben aimé voir quelques-uns de mes enfants à soir, jaser un petit brin, pas longtemps, juste assez pour dire que je les aurais revus une dernière fois. Je sais pas où c'est que je vas chercher ça mais j'ai doutance que je les reverrai pus. Jamais. À force d'avoir la tête qui tourne de même je vais finir par chavirer, pis là c'est vrai qu'y vont me laisser crever tout seul comme un rat dans son trou. J'aurais donc aimé ça les voir à soir.

Y ont d'autre chose à faire, y sont occupés, y veulent pas me déranger je crois ben. Si y sauraient comment ça me ferait du bien de les voir, je pense qu'y viendraient pis ce serait pas long. Y a une affaire que je trouve ben décourageante, c'est qu'y vont venir. Y vont venir avant longtemps mais y sera trop tard, je serai mort d'ennui. Je dirais pas ça devant eux-autres pour pas leur faire peur mais j'ai doutance que c'est ça qui va se passer pareil.

C'est toujours ce qui se passe dans la vie. T'attends pis t'attends pour faire c'est que t'as à faire pis quand tu te décides, y est trop tard. Comme tu peux pas revenir en arrière, t'es poigné avec des remords de conscience. Ça m'est arrivé à moi itou, pis pas rien qu'une fois à part de ça, mais on dirait presquement que ça se dompte pas. On se dit que ça arrivera pus, pis la première affaire qu'on s'aperçoit, c'est qu'on est encore en train de laisser traîner ce qui presse. Les hommes sont pas domptables. Pas plus moi qu'un autre.

C'est pas que j'en veux à mes enfants d'avoir agi de même. Ni pour ça ni pour le reste. On est tous pareils. C'est mes enfants pis je les aime avec toutes leurs qualités pis leurs défauts. Je sais ben qu'y a des fois que je les ai engueulés, que je les ai traités de sans-génie, de sans-coeur, mais je les aime pareil.

Mais y a des fois que je me décourage; dans ce temps-là, ça me choque de les voir faire. Je me dis que ça a pas de bon sens d'agir de même. Je les aime pis y le savent pas. Le bon Dieu par exemple, lui y sait que c'est pas des menteries. Lui y sait que c'est vrai que je les aime. En seulement comme y viennent pas, je peux pas leur dire. J'aurais envie de leur téléphoner, mais dire ça à ton enfant au téléphone, c'est pas la même affaire qu'entre quatre yeux. Au téléphone, y peuvent pas voir si tu dis la vérité. C'est pour ça que je téléphone pas.

À part de ça, de m'entendre leur dire de même que je les aime, ça leur ferait peut-être ben curieux, y se diraient que chus malade puis je veux pas les bâdrer avec ça. Y ont ben d'autres occupations à avoir que de se demander si je suis malade. Y se diraient manquablement que chus sus le bord de mourir pis ça les inquiéterait pour rien. Je veux pas leur faire de peine; quand on aime quelqu'un, on veut pas y faire de peine. Faut aimer pis avoir aimé pour comprendre ça.

Ça me fait drôle de parler de même rapport que les jeunes disent que nous-autres, les vieux, on radote; mais y comprennent pas que si on parle de même, c'est rapport qu'on a le temps de penser à c'est qu'on dit. Si tu penses à c'est que tu dis, c'est plus profond. Moi j'ai pour mon dire que quand t'es vieux, t'as tout ton temps pour penser à c'est que tu dis; manquablement tu y penses puis c'est là que les jeunes disent que tu radotes. Quand y vieilliront à leur tour, y comprendront, mais ça sera à leur tour, dans ce temps-là, de se faire dire qu'y radotent. Chacun son tour d'avoir l'assiette au beurre.

J'aurais donc aimé ça les voir venir quelques fois ces derniers temps, pour leur dire tout ce qui m'a été donné d'apprendre durant ma courte vie. Y a des fois que j'ai dit que la vie valait pas grand-chose, mais je disais ça quand j'avais pas le temps de penser. Astheure que chus rendu vieux, au soir de ma vie, pis ben tard dans la soirée, je dirais presquement sus le coup de minuit, je peux dire que la vie est belle pis qu'elle vaut quand même la peine que tu la vives. Elle vaut que tu la vives à plein à part de ça. T'auras pas la chance de recommencer une autre fois.

Grand-maman? C'est vous, grand-maman?

Je sais pas c'est qu'y m'arrive mais j'aurais juré que grand-maman était là juste à côté de moi, qu'elle était revenue me prendre dans ses bras, pour me bercer, la même affaire que quand j'étais petit. La même affaire que quand chus arrivé chez-eux, les soirs que je m'endormais pas...

En seulement je... Ayoye m...on c...oeu...

Estrie '81
Les Hautvents
Iles-de-la-Madeleine '93

Achevé d'imprimer
en mai 1994 sur les presses
des Ateliers Graphiques Marc Veilleux Inc.
Cap-Saint-Ignace, (Québec).